너의 여름은
어떠니

金爱烂
作品集

你的夏天还好吗？

〔韩〕金爱烂 著
薛舟 译

人民文学出版社

著作权合同登记号 图字 01-2020-1851

图书在版编目 (CIP) 数据

你的夏天还好吗? /(韩)金爱烂著;薛舟译.—北京:人民文学出版社,2022(2025.10重印)
(金爱烂作品集)
ISBN 978-7-02-017177-4

I.①你… II.①金…②薛… III.①短篇小说—小说集—韩国—现代IV.①I312.645

中国版本图书馆 CIP 数据核字(2022)第 084093 号

责任编辑 张海香
装帧设计 李思安
责任印制 王重艺

出版发行 人民文学出版社
社　　址 北京市朝内大街 166 号
邮政编码 100705

印　　刷 河北新华第一印刷有限责任公司
经　　销 全国新华书店等

字　　数 144 千字
开　　本 880 毫米 ×1230 毫米　1/32
印　　张 8　插页 3
印　　数 123001—128000
版　　次 2017 年 1 月北京第 1 版
印　　次 2025 年 10 月第 23 次印刷

书　　号 978-7-02-017177-4
定　　价 48.00 元

如有印装质量问题,请与本社图书销售中心调换。电话:010-59905336

目录

在悬崖尽头抓住热带鱼

（译本序）

文 珍

2019 年夏末秋初，我有幸在北京和金爱烂本人有过一次对谈。鉴于两个写作者言语不通，因此多少有点紧张：上午的两个小时不知不觉间就过去了，之后便是站起身握手的如释重负，外加一顿江浙风味的佳肴。她说自己喜欢清淡的中国菜，不太能吃辣，整个人比访谈中显得更害羞，但每句话显然都经过思索。我告诉她其中某一道菜里的圆形白色颗粒叫芡实，也叫鸡头米，是苏州秋天特有的美味时，她虽然听不懂中文，却仍目不转睛地看着我。等翻译老师告诉她我的话时，她睁大了眼：真的很好吃。那么这种植物长什么样子呢？等我把形如荷叶的照片找给她看时，她更好奇了：是要采摘者用手一颗一颗地把它们剥出来吗？

我说是这样的。一般人大概会顺嘴说“真辛苦啊”。但她默默地点了点头，什么都没有说。我突然觉得她已经在脑海中完整地看到了这劳作的一幕。

这些年来并非没有和外国同行共进餐食的经历，但是金爱烂那一瞬展露的敏感和想象力，仍然深深地打动了我。此前虽然我已提前看过了她所有在中国出版的作品，但她却对我一无所知，想必我提出的问题也不算十分特别，因此整个对谈虽然顺利，却略显拘谨而模式化。直到对谈结束时，她才突然连说了两遍：一直在谈论我的作品真不好意思，希望能早日看到您作品的韩文版。同时认真地看向我的眼睛，微笑着。

当时我也只是不好意思地笑了笑。时隔两年，才意识到这是一个写作者对于另一个写作者最大的善意和好奇心。

而回想吃饭的场景我仿佛又看到了另一个金爱烂。一个会在朋友面前絮絮叨叨，也会不停发问如“十万个为什么”的金爱烂。一个对一切不认识的人、一切未知事物都深深感兴趣的金爱烂。一个会倾听，会发问，也会不断陷入沉思的金爱烂。总而言之，一个第一眼并不能和作品主人公对号入座，但稍一接触便理解为什么她会写那么多形形色色小人物的金爱烂。

《你的夏天还好吗？》，其实只是她在三十出头出版的小说集。但这些早期的作品已然展现了她出众的天赋，以及优秀写作者必不可少的若干其他特质。

看完书多数人一定会留下深刻印象：金爱烂实在是非常擅长使用比喻的写作者。即便是最普通的风景，她也能用三言两语使之定格在尖新的用语里。比如她在散文《夜间飞行》(散文集《容易忘记的名字》) 里写到大学毕业母亲陪她在首尔找住处的经历：

> 那天悠长的正午融入了这片土地上艰辛而漫长的进京史。找到房子之后，我们面对面吃着红豆冰山。在沉重的疲劳之间透明碰撞的冰块声，白花花的夏日天空，今后我要居住的首都，那天的阳光强烈到足以责怪任何人。

这几乎是诗歌一般的意象和语言。让我不禁想起，金爱烂在第一次接到文学奖得奖的电话通知时问："小说，还是诗歌？"在写作小说之初，她和我一样写诗。而每次书的后记，也多由一段"作家的话"结束，通常也采用诗的分行长短句形式。

最大限度的简短而无穷，这当然是金爱烂作为一个小说家极为重要的天赋："作家们勤劳地在这些语言周围乱转，轻柔地抚摸人生固有的陈腐，抚摸它的背脊，偶尔在语言的摇摆中发现新的节拍。"然而，即便语言、通感、想象力上佳，但我更喜欢的，却是她在《容易忘记的名字》里的夫子自道：

我们现在最需要的，或者说缺少的，

或许并不是对恐怖的想象力，而是对善的想象力。

文学能做的善事之一，我想大概就是在他人脸上注入表情和温度。

所谓“希望”，或许不是纯真者的发明，而是勇敢者的发明。

这是她在短篇《水中的歌利亚》（也是《你的夏天还好吗？》里我最喜欢的一篇）发表一年后的作家笔记。那时她仍没有忘记那个结尾被她留在龙门吊上的少年。那么，这情感便不只是单方面“注入表情和温度”，更是一个人试图赤脚走进另一个陌生人的生命里，这里面必然有巨大的、纵身投入的爱意。而她毕竟是内向的写作者，并未试图把这爱明言。而在我看第一篇《你的夏天还好吗？》，就已辨认出了这种只属于最优秀写作者的爱与怜悯，小说里才因此拥有真正的欢乐和痛苦。换言之，是写作者强烈的情感才令小说立体。

这篇故事情节很简单。“我”在大学里就暗恋的学长毕业后去了电视台工作，有一天问“我”能否顶替大胃王综艺临时缺席的志愿者。和“阳光足以责备任何人”一样，这篇小说极尽隐忍，但“我”所有没说出口的被利用的失望、深情落空的痛楚却如此清晰地横亘在读者面前。金爱烂说：最重要的永远是没说出来的那句话。这和海明威冰山下的八分之七异曲同工；而在她曾来过的中国，也有一句话专用来形容这种曲笔：温柔敦厚，怨而不怒。

金爱烂的小说里，最显著的特质，大概就是这种温柔和善。这也正是她所谓的对于善的想象力，勇敢者的发明。

对谈中，我问及她的写作近况。她说："这几年都没有办法忘记'世越号'。在这件事情上，我受到了很大的伤害。"

"世越号"是2014年4月韩国在全罗南道珍岛郡海域浸水沉没的一艘沉船。事故发生后，仅172人获救，296人遇难，8人至今下落不明。据事后调查，结果之所以如此惨烈，和"世越号"上44个救生筏只有2个能顺利充气上浮有关。此外，也有货物严重超载、海运工会未经细查即同意出港、海警救援不力等等原因。事故发生后，众多遇难者家属抗议示威，政府的不当处理也在民众心底造成了巨大深远的创伤。这曾是2014年韩国最重大的新闻之一。

之后我特别留意了关于"世越号"的报道，和她关于此事的文章：

> 我听到他们的名字。不是学生、失踪者、牺牲者、乘客，而是他们的家人经常呼唤他们的方式，本名或小名。如果他

们活着，家人还会叫上一万次的名字。那个名字包含着一个人的历史、时间、谁都无法概括的个体世界，都在彭木港的黑暗中彻夜作响。白天、黎明、早晨也在发出声音。每次听到这个消息，无论是在走路，在吃饭，在打扫，我都像小腹被击中似的弯下腰去。不是因为慢慢涌起的悲伤，而是突然袭来的疼痛。

——《倾斜的春天，我们看到的》(散文集《容易忘记的名字》)

这一段非常动人。过于强烈的同理心，甚至到了直接转化成生理痛苦的地步。这不禁让人想起俄国作家果戈理曾把作家分成两类。一类“避开枯燥乏味的惹人厌恶的、真实面目寒碜得令人吃惊的人物，而努力接近一些超凡脱俗的高贵形象”，不曾从高处降临到自己贫穷卑微的同胞中去，而以烟云障目，竭力隐藏愁苦。读者会称这样的作家为伟大的诗人。另一类则“把每日在跟前发生的一切，可怕的，惊心动魄而湮没生活琐事的泥淖，密布在辛酸乏味的人生道路上的平庸的人，统统展示出来”。那么，他就没有那样的好运气，逃脱不了虚伪而又冷酷的当代法庭，他所描绘的卑琐的人物品格将被强加在本人身上……

然而，即便如此，写什么不写什么，这绝非由作家本人可以选择。金爱烂无疑属于后者——而我也是，目前仍拥有未被时代过度审判的幸运，但写作路阻且长，最后结果谁知道呢？她对于自己写作和思想上的倾向也十分了解：

> 理解并不是相似尺寸的经历和感情的叠加，而是穿上不同尺寸的衣服之后，重新检查自己身体的过程。……我也知道，我是那种努力不对他人冷淡，否则就会在冷笑和失望中心安理得的人。对他人的想象力就像便利贴，只有微弱的黏着力，但我们还是不能停下。原因或许就在于此吧。这种薄薄的便利贴的刹那堆积，也有厚度和重量。
>
> ——《点、线、面、层》（散文集《容易忘记的名字》）

也正因为此，她才会在《虫子》里将一个住在拆迁废墟上方的年轻孕妇，凌晨一点困于黑暗即将临盆的危机写得让人感同身受。

我自己最喜欢的一篇则是《水中的歌利亚》。近日郑州的大雨尤其让我不断想起这篇末世情调的小说。一开头即有《圣经》氛围：

> 淫雨不断，西瓜索然无味。……以前也有过这样的日子。……换而言之，也是世界渐趋无聊的日子。

父亲去世不久，雨季就来了。

“世界渐趋无聊”击中了我。金爱烂常有这样看似漫不经心的句子直指人心。而她却还有另一种好处，就是出手虽然迅疾，而慢动作回放又经得起细读。第一次读会迅速沉浸在她对整个故事氛围的描写中，第二次方慢慢看清情节的轮廓。第三次，则会不断发现更多此前没注意到的细节。我就是在第三次才发现水中的歌利亚指的原来就是歌利亚龙门吊。整座城市变作泽国，大雨中浮出水面的唯有这些凄凉荒诞的工业符号，如同墓碑，一方面暗示了拿不到拖欠工资的父亲在龙门吊上失足而死的背后真相，同时也是水中少年的最后归宿。少年在水中载浮载沉的门板上想起冰箱上还有中国饭店的优惠券，为有一份糖醋肉没来得及兑换而感到可惜——这也是神来之笔。反观世界这一年多以来的疫情和自然灾害，金爱烂也只不过像卡珊德拉一般指出岁月静好背后的残酷，看似恒久的日常秩序实则建立在危机四伏和种种社会不公之上。只需一场突发暴雨，或世界性的病毒，就足以让这歌舞升平如多米诺骨牌一样分崩离析。

《那里是夜，这里有歌》是当下常见的移民题材，也是近年文艺电影最热衷的题材。然而金爱烂仍将这曲旧弦歌奏出了新雅意，和同类型作品通常关注处境悲惨的外来者不同，她的叙述视角始终落在娶了非法移民，又最终失去太太的出租车司机龙大身上。未受过良好教育的龙大一家始终困于底层，而早年占用资源的亲戚一家则继续努力往上爬。这一天他和养尊处优的表侄在出租车上相遇，演绎戏剧化的一幕。同时作者以惊人的耐心描写了龙大和妻子从相遇到分离的凄楚而不失浪漫的过程：

> 新婚生活开始之后，龙大和明华每天什么也不做，就在半地下房间里如胶似漆，直到手中的钱全部花光。……他们像用棍子打也决不分开的蛇，顽强地相互纠缠。

棍子打不开的，但钱和病魔可以。几个月后，龙大得知明华患了胃癌。

癌症可能因各种原因而起，是以前苦难的总和；也可倒因为果，变成龙大疑心明华隐瞒病情骗婚的根由。由此，这对苦命鸳鸯的恋情开始变味，然而即便在争吵最不堪的时刻，龙大一边骂仍一边意识到自己配不上她："这个女人，对我来说有些过了。"

这就是整篇小说里最让人痛心的一句。即便龙大因他人的恶意中伤开始怀疑妻子，但爱早已生发，并不因时间或肉身的流逝而消亡。而他发现亡妻留下的磁带开始学习中国话，最后悲怆发问“我的座位在哪儿”，倒变成了相对次要的细节。人与人即便曾无限亲密，情感也仍可能因为物质匮乏而变得暧昧难明，这才是这个悲剧的内核。

《一天的轴》同样是小人物的悲歌。机场清洁女工琪玉辛苦带大的儿子锒铛入狱，自己也随之斑秃，因怕失业而极力隐瞒此事，却终于在中秋夜被上司发现。这篇小说最精彩的，却是作者对于机场卫生间详尽到让人不适的描写。这本集子在韩国出版时的书名《飞行云》即来自这篇。金爱烂或许希望通过这些贴肤入骨的书写，让那些原本被人视而不见的如琪玉一样的劳动者们，像飞机飞过留下的轨迹一样，真正被人看见。

《角质层》和《你的夏天还好吗？》，以工笔描摹出韩国普通女大学生毕业后的生活轨迹——我猜想此处最大限度地借用了金爱烂本人的生活经验。有年轻女性的容貌焦虑，有对提高生活质量的憧憬，也有对未来生活的不尽茫然。《尼克塔酒店》对女性心理的描写却又进入一个更深的层次：两个好朋友决定一起去东南亚旅行后暴露出因成长经历差异而截然不同的性情趣味，彼此都渐渐觉得对方难以忍受；《三十岁》里则直接站在了传销者的鞋子里，写到了将社会关系作为资本出卖后的凄凉后果：被巨额债务和崩溃的人际关系折磨，痛苦不堪，企图自杀，变成了植物人。这是整体性的荒谬，更是现代商业社会时有发生，却经常被选择性无视的道德黑洞。

至于让金爱烂进入文坛的为什么是小说而非诗歌？也许可以用她自己的话来回答这个仿佛偶然又如同宿命的问题：

> 至于为什么不是诗，而是小说，如果你把小说从头读到尾,也就知道了。你会看到,在执着吞噬肉体和精神的痛苦中，因为被摸太多而变得破旧的词语，像美丽却不能吃的热带鱼一样残忍地发光，摆着尾巴逃跑。被语言纠缠，和语言斗争，和语言共生的人们，他们的样子多么不简单，而借助语言竭力解释的青年，声音更是震耳欲聋。
>
> 我突然想起一个场面，挂在悬崖尽头的人艰难地抓住一根树枝……话语、语言，或者文学，到底能做什么呢？
>
> ——《特别、肮脏、羞耻、美丽》(散文集《容易忘记的名字》)

> 所谓“理解”，并不是进入他人内心，与其内心相遇，看清他的灵魂，而是站在他人身体之外，谦虚地承认自己的无知,猛烈地感知其中的差异。然后渐渐地缩小“外围幅度”，把“外面”变成“侧面”。……不过我们不能因为自己经常看到、听到、接触到而草率地说自己“了解”别人，要把对别人的痛苦产生共鸣和眼睁睁看着他人的不幸区分开来，把握

手和掠夺区分开来。

——《倾斜的春天，我们看到的》（散文集《容易忘记的名字》）

如果文学……还有需要我们延续的传统，我想那不会是单纯的素材或形式，而是对人和世界的态度或心情。

——《光与债》（散文集《容易忘记的名字》）

我觉得没办法比她自己说得更好了。去看书吧。去看里面八个如热带鱼一样残忍而发光的故事吧。去亲身感受金爱烂美丽又凶险的夏天吧。——如果可以的话，尽可能多读几遍，会越来越体会到她绵长的内力，她自己的温度，她本人的表情。她的诚，与真。作为写作者的竭尽全力。在悬崖尽头抓住最后一根树枝的心情，现在我也可以体会。

2021年7月

你的夏天还好吗？

前辈约我见面。我们已经两年没见了。我说今天有事。前辈以不符合前辈身份的口气问，几点？傍晚我要回老家。我磨磨蹭蹭地摸索着手机，又补充说，参加朋友的葬礼。“啊……”前辈答应一声，慢吞吞地问，那下午怎么样？

我翻了会儿抽屉，干脆整理起了衣服。尽管是六月，外面却很热。我取下书桌上的收纳箱，统统倒在地上。家里满是往年的灰尘，纷纷扬扬。抽屉里的东西全部掏出来。我想把冬天的衣服挪进箱子，再把夏天的衣服装进抽屉。衣服大小不一。体重总是起伏不定。最瘦的时候和现在差了 20 公斤。半年前我第二次辞职，身体迅速膨胀。有段时间我总是趴在地板上盯着笔记本，吃着零食上网，或者追看美剧。前辈好像也是从别人那儿得到我的消息，才跟我联系，否则大白天也不会提出那么突兀的要求。我早就讨厌沉重的冬装了，于是兴奋地挑选着夏天的衣服。去年真的买了好多衣服，每个季节都买，什么流行买什么，想买就买。我有足够的经济实力，而且也发现了打扮漂亮的乐趣。买了衣服就要见人，见了人就要喝酒，喝了酒就要犯错，犯了错就要后悔。这些我都知道。不过，这种模式也让我心安理得，感觉自己没有严重脱离社会语法。当时我对自己的身材很满意。

只有高三那年，我的体重远远超过现在。有一天，我正大口啃着没切片的吐司面包，正在看电视的爸爸突然大喊：

“别吃了！”

平时家人之间很少说话，大家都目瞪口呆地盯着爸爸。爸爸的斯文和温顺远近闻名。无论是以前还是在那之后，我几乎从没和爸爸说过话。算起来，爸爸认真跟我说过的唯一一句话就是“别吃了”。相反，妈妈却鼓励我吃任何东西。现在每到节日，妈妈仍然在亲戚面前夸我：“这孩子一起床就吃年糕，水都顾不上喝。”不管我是 48 公斤，还是 70 公斤，妈妈都说现在这样正好。面对父母的反应，我的态度也很淡漠。直到那时，我还以为自己的赘肉是婴儿肥。

夏装没有期待的漂亮。都是看一眼就兴冲冲买下的衣服，现在看来很奇怪。流行怎么那么快就过时了？这还没过多久啊，皱巴巴堆放的衣服便暴露出我寒碜的趣味和购物史，真让人郁闷。去年还得意扬扬穿在身上的是什么呢？无论如何，现在必须挑出参加葬礼的衣服。我在裤子和短裙之间纠结不已，最后选择了垂到膝盖的黑色A字裙。幸好有同样颜色的衬衫，用作换季期间的吊唁服装应该没什么不妥。其实，我还有不少黑衣服。

前辈是最早带我走进棒球场的人。他还让我知道了什么是弘益大学的独立文化，大学路小剧场的冷清多么令人愉快。他是那种每个集体都会有的亲切又有人气的男人。我从没见过像前辈那样的理想男人。我尊敬他，愿意和他说话，如果他不介意，我还愿意跟他上床。哪怕他有怪异的性取向，我也会说“男人热爱自由，我喜欢服从”，然后紧闭双眼随他而去。当时我对男人有着莫名其妙的偏见。我以为世界上有两种男人，一种是无趣的好男人，另一种是有趣的坏男人。后来我才知道，世界不是平的。我也是很晚才醒悟，其实我喜欢的既不是好人，也不是坏人，而是能够分清人世的复杂和坎坷的男人。当时我感觉前辈是既善良又令人愉快的唯一的异性。尽管自己各方面都不尽如人意，我却摆脱不了早熟而且自负的女大学生的傲慢，总觉得同龄的男孩子都是废物。

遇到前辈是在新生欢迎会的时候。当时我在太多的人、太差的空气和太多的商品中间不知所措。当然，校园的草木和春夜凉爽的空气足以令我心动。现在我依然相信树木喷出的植物防御物质“芬多精”里掺杂着爱的灵药。否则，那么多新学期的青春怎么可能同时兴奋得不知所以呢？繁殖期的年轻人喷发出的能量深情而青涩，露骨却又新鲜。我喜欢在新的城市里迎来二十岁。哲学系人的目光、语气和脸色也让我心生好感。那个年龄似乎理应如此，我总是陷入莫名其妙的忧郁。我喜欢自己的忧郁，甚至期待有人了解这种忧郁。迎新会那天，我悄悄溜出聚集在草地上的人群，也是这个缘故。我想通过自己的不在，让别人知道我存在的事实。我离开聚会，却没有溜回家，而是在人文学院附近徘徊。尽管我不喜欢撒娇、忸怩作态，然而我还是期待有人像寻找隐秘画卷似的发现我，在我额头画个爽快的大圆圈。可是前辈就在那边，在黑暗的人文学馆通道上。走廊尽头的转弯处，站着修长而朦胧的轮廓。我不知道他是去卫生间，还是去看信箱。关键是前辈认出了我。

“你，是美英？徐美英。”

“啊？嗯。”

我惊讶于前辈竟然知道我的名字，同时也隐约感到不安。难道是因为我太胖，引人注目？刚才我在真话游戏中说了个非常龌龊的笑话，结果铩羽而归。

“听说你来自云山，那是我爸爸的故乡，所以记住了。”

“啊，是的。”

“你怎么一个人？”

“啊，我，没什么，就是想点儿事。”

也许是因为借口太拙劣，也许是因为我使劲眨眼睛，前辈轻轻笑了。

“看你不在，我出来找找。一会儿见。”

我慌里慌张地点头，然后朝着和他相反的方向走去。没有明确的目的地，只是觉得应该这样。他朝草坪走了几步，问我，你不去吗？然后转头又说了一句：

“抬起头来走路，小家伙。”

也许，就是这个缘故吧。后来有人问我爱情是什么的时候，我就回答“知道我不在的人”。我说得郑重其事，酒桌当场冷清下来。我也很尴尬，于是放肆地喝酒。那天夜里酒兴正浓，课长鼓动大家玩真话游戏。我借着酒劲对课长说：“这个世界上我最讨厌的就是真实，第二讨厌的是游戏啊！”那天应该也是新职员欢迎会。经理说：“哈哈哈，徐美英小姐这是怎么了？”我像《马粥街残酷史》①的主人公那样悲壮地大喊：“我操韩国所有的真实！”话没说完就倒在桌子上了。我套用了电影台词，“我操韩国所有的学校！”然后我穿着套裙坐在椅子上，叉开双腿睡着了。从那以后，我在职场生活中常被嘲笑为“真实恐惧症”“游戏恐惧症”。

“抬起头来走路，小家伙。”

小家伙，小家伙……我不知道这是亲切的表达，还是试图抹掉对方的性别。前辈总是叫我“小家伙”。后来，他用硕大的手掌胡乱抓弄我头发的时候，我会很激动，很舒适，甚至想踮着脚后跟大喊“还要！还要！”虽然只有不到一分钟的无聊瞬间，可是那天，俊前辈不知不觉地做了非常重要的事情。他在我额头上画了个红圈。

约定的地点很远。透着樟脑丸气味的夏装放进洗衣机，饭泡进水里，放点儿金枪鱼罐头，吃完后我早早出门。地铁里已经开起了空调。好久没出门了。柔和的淡绿色的风景和阳光射入玻璃窗。闭上眼，深呼吸。感觉透明的芬多精颗粒穿过玻璃壁，一颗一颗渗透进来。

“真好啊，真好，最近的空气……”

---

① 2003年上映的韩国电影，导演是柳河，主演是权相佑、韩佳人等。

我刚吐了口气，立刻感觉到腰部的压力。刚才就在腹部用力，所以肚子鼓鼓的。我担心裙子拉链会撑开。以前也有过，我在交友会上穿着紧身 T 恤使劲憋气，最后在对方面前连连打嗝。

上午接完电话，刚开始我决定不出去。我讨厌解释自己的近况，也不想让前辈看到我比从前更胖了。前辈没见过我最瘦的样子。我从刚喜欢前辈的时候开始减肥，直到进入公司身材才变苗条。我不由得焦虑起来，要是前辈从我脸上发现了落伍者的神色，那可怎么办呢？光合作用的人身上有光合作用的光芒，吃电子波的人脸上必然流露出电子波的光芒。可是，前辈一句“请你帮忙”让我动摇了。他是那种不愿给人添麻烦的性格，轻易不会给我打电话。困难的时候能来找我，我很感激，也很开心。吊唁晚点儿也没关系。医院在客运站附近，我计划在父母家里过夜，只要不错过末班车就行。

——到哪儿了？

手机振动吓了我一跳，我下意识地颤抖了。

——我在路上，一点之前应该能到。

——到了大厅给我打电话好吗？谢谢你来。

我用拇指轻轻摸了摸“谢谢”二字，然后呆呆地望着窗外，突然担心自己嘴里的焦味，赶紧从包里拿出口香糖嚼了起来。

前辈也知道吗？我惦念他这么多年了。有憧憬，也有喜欢。也许是，也许不是。是不是都无所谓。反正前辈已经有女朋友了。我觉得自己没有能力战胜他们积累的时间。那个素昧平生的女人，我确信她比我好。前辈选择的女人嘛，当然好了。我心里真想连那个女人也一起爱。起先我也没什么欲望。遇到俊前辈，而且成为朋友，这已经让我很感激了。人生很难遇到真正有共同语言的人。我记得在没有电视也没有电脑的阴湿自炊房里，偶尔能看到前辈的短信，真的让我倍感欣喜。夜深人静，看到通知新消息的微弱灯光，我的心也跟着红光闪烁。只有那个年纪才能写出的单纯而幼稚的句子曾让我深深依赖。前辈认真地听我说话，不轻易做判断，也不给忠告。他经常开些天马行空的轻松玩笑。不让对方难堪，同时又能带来安慰。没多久，我很自然地加入了前辈主持的诗友会。前辈说喜欢我的文笔。我以为喜欢我文笔的人当然也会喜欢我。我用妈妈给我的取暖费请前辈喝酒，即使裹着风衣在结冰的房间里睡觉都觉得幸福。因为那天，前辈第一次让我请他喝酒。不记得什么时候了，我在自炊房里混日子，曾给自以为已经很亲近的前辈打过电话。那是星期天，我用手洗干净在冷水里泡了太久而结冰的牛仔裤，然后睡了一整天。睡梦中，我的肺也像来到陆地的鱼那样急促起伏。生活不规律，再加上煤烟和饮酒，我的身体变弱了。那时我养成了习惯，只要感觉不舒服或疲倦就要睡大觉。有时我像嗜睡症患者，昏昏沉沉地睡上两天。那天也是这样，睁开眼睛的时候,太阳已经落山了。我习惯性地把前辈送我的《某一天》塞进录音机，打开电源。这是很久以前的磁带，背面是“健全歌谣”①。《只有下午的星期天》静静地弥漫在整个房间。我突然很想和前辈说话。

——前辈，我好想去棒球场。

没有反应。正当我闷闷不乐的时候，回复姗姗来迟。

——为什么？

我握住手机，趴在地板上笑了。

——没什么，就是想去棒球场叫喊。

很快，通知短信到来的振动音再次响起。

——你以为棒球场是叫喊的地方吗？

——那是什么？

不一会儿，前辈得意扬扬地回答：

——棒球场是神殿。

“啊！”我感叹。这是一个人爱上另一个人的瞬间，心脏发出的效果音。于是，我们互相发送了几条无用的短信，然后相约去棒球场。

① 健康向上地描写社会现实的歌曲，老少咸宜，通常与流行歌曲相对。

我又骗妈妈说买书，要钱买了垂到脚腕的白色连衣裙。现在想来，那条裙子土气而滑稽，然而我还记得把它挂在自炊房的墙上，看了整整一周。我担心万一前辈向我表白怎么办，同时又挑选哪件是最漂亮的“内裤”。我抓耳挠腮，这条内裤用于第一次关系是不是太大了。星期六，我终于迈着忐忑的脚步到达蚕室的时候……我们系诗友会的女孩子们正在售票口前叽叽喳喳，像蚂蚁堆。无论弘益大学，还是大学路，都是这样。前辈冲我灿烂地笑着，有时我却感觉他的亲切有点儿粗野。

另外还有个契机让我真心喜欢上了前辈。那个瞬间，我也像前辈认出我那样认出了他。前辈四年级，我二年级的夏夜，全国持续出现了史无前例的热带之夜。我穿着背心，整个晚上都气喘吁吁。我房间的窗户紧贴着隔壁房间的墙壁，通风不好。打开风扇，吹出的却是湿漉漉热乎乎的风，令人窒息。几次跑进浴室冲凉也没什么效果。太热了，热得我想哭。凌晨，我终于跑出了房间。我打算去网吧或桑拿房里降温。突然间，我又想到了学校。我们系的学生会室里有台小型空调，那是进入国内一流大企业的前辈捐赠的。学生会室装空调是史无前例的大事，同学们都异口同声地称赞前辈。前来学生会室休息的人骤然增加，原来乱七八糟的东西也得到了整理。从家到学校步行需要十分钟。现在应该没有人，打开空调躺在沙发上，应该可以舒舒服服睡个好觉。想到全身的汗水会在瞬间挥发，我甚至有点儿兴奋。期待着凉爽温柔的风，我打开学生会室的门。里面有人。修长而朦胧的轮廓,还是我认识的人。他用报纸蒙着脸,躺在沙发上睡着了。不一会儿，察觉到动静的他慢腾腾地坐了起来。

“哦？”

“前辈怎么在这儿？”

“你呢？”

我犹豫片刻，坦率地回答：

“房间里太热了。前辈呢？”

前辈摸着脖子，不好意思地说：

“我没赶上车。”

前辈身上散发着淡淡的酒味。

“这里有蚊子，还很冷。”

前辈不停地左抓右挠。空调开久了，房间里冷飕飕的。我说上会儿网就走，便朝着电脑桌走去。前辈说“我也是”，飞快地走到我旁边坐下了，跟我隔着两三个位子。前辈和我都没开灯，周围很暗。咔嗒咔嗒，我们之间只有尴尬的鼠标的声音。我习惯性地链接到常去的哲学系论坛。

“可以开音乐吗？”

我点了点头。前辈调高了麦克风的音量。那是碰一下平均会有三万只细菌粘到手上的古董麦克风。音乐是前辈曾用邮件发送给我的李秉佑的吉他演奏曲。气氛轻松了。恰在这时，哲学系论坛的会员窗口浮现出前辈的 ID。我立刻给他发纸条。

——好神奇。听到某首曲子，我会想起第一次让我听到这首曲子的人，而且很频繁。第一次走过的路，第一次读过的书也是这样。总会想起第一次让我知道世界上有这种东西的人。也许应该说是“让我知道名字的人的名字”？这东西似乎永远跟随着事物。

我暗自感叹：“天哪，我竟然能说出这么精彩的话！”前辈的纸条更精彩。

——我们无法忘记神灵，或许也是这个缘故。

“啊！”我的心里再次感叹。既然说到这里，我还想再说点儿什么。

——以前新生欢迎会的时候，前辈说没看到我，就出来找我。就是在这个走廊见面的日子。当时……谢谢你。

前辈似乎没想起来，摇了摇头，然后“啊！”了一声，飞快地打字。

——啊啊，那天？那天是几位大哥让我找你。大哥让的。

——……

我真想拿棍子打碎学生会室的玻璃窗，还要大喊“我操韩国所有的大哥！”我像吃了大便似的满脸沮丧。前辈置若罔闻，天真地说：

“看看这个。”

我走近前辈的座位。前辈坐着，我弯腰站着。黑漆漆的学生会室里，两个人的脸上映出显示器的微弱光芒。他指了指电脑桌面上的文件夹。那里汇集了哲学系所有人的照片。很多都是“哲学家之夜”、教师节活动、MT[①]和迎新会的照片，还有爱好摄影的同学们随手拍摄的风景。显示器上缓缓闪过人们的身影。每当看到熟悉的面容，我和前辈就会笑嘻嘻地评头品足。终于，我的照片出现了。那是以樱花做背景，在学校楼顶拍的单人照。拿相机的人在对面楼里按下快门，窗户周围四边形的黑暗像镜框一样包围着春天。我站在春天中间。

“我喜欢这张照片。”

前辈点击“暂停”，幻灯片播放状态下自动翻页的照片停止了。

“我不喜欢。”

“为什么？”

“因为这个书包，和衣服太不搭配了，腿也显粗。”

我指着土黄色的人造革书包，大发牢骚。当时我只有这个书包，不管穿什么衣服都只能背它。

“我是因为书包才喜欢这张照片。”

---

① MT是英文Membership Training的缩写，韩国大学常见的集体出游活动，目的是增进同学之间的相互了解和友谊。

前辈盯着屏幕说道。

“什么？为什么？”

前辈低声自言自语：

“我看见了这个女人的‘生活’。”

“……”

我静静地注视着他映在蓝光里的侧脸。我决定从现在开始，正式喜欢这个人。我相信，全世界只有前辈这样评价我的照片。

——美英啊，今天几点来？时间允许的话，我们在现代药店门口见面。

美希发来短信。她是我现在仍然保持联系的几个小学同学之一。事实上，通知我炳万讣告的人也是她。

——可能要九点以后才到。出发的时候给你电话。

想到要和故乡的朋友们见面，我有些紧张。因为年轻，还没有失去朋友的经验，所以现场应该会聚集很多同学。大多是留在家乡做生意或在附近化学工业园上班的家伙。炳万也在那里的工厂上班。小学时代，炳万和我做过两三次同桌。刚学除法那天，他总是很烦人地跟我说话，搞得我数学成绩惨不忍睹。直到现在，我依然记得他打扰我对数字的专注力的瞬间。尽管又急又烦，然而为了不伤同桌的心，我没有表现出来，当然也担心被老师训斥。那真是不安而又复杂的瞬间。问题是从那之后，我的数学成绩一落千丈。后来每次数学考砸，我都感到委屈，仿佛都是炳万的错。总之，我们经常聚会玩耍。大部分同学都是在做生意的父母身边长大，所以无论如何要在外面混到天黑才回家。想起当初令人振奋的肺活量，现在还觉得轻松。拉帮结派、熟悉规则、动用微不足道的词汇量拼命争吵，气呼呼地回家。忘了什么时候，为了尽可能悠得更远而助跑上了秋千，按捺住即将爆裂的心脏，我终于领悟道：

“原来成长是快乐的事情。”

炳万也是这样吗？也许是吧。他也的确爱跑爱跳。他好像在公司附近遭遇了什么事故。除了偶尔在镇客运站看到他身穿校服抽烟，我几乎没见过炳万。

告诉我前辈近况的人是亨万哥哥。他和俊前辈同届，也是诗友会成员。他不写诗，每天喝酒，但是口才很好，擅长活跃气氛。四年级之后，俊前辈就不参加诗友会了。他似乎忙着准备就业，听说他递交申请书的地方都没有录取他，女朋友也分手了。我们经常发送“圣诞快乐！”“新年快乐！”之类的短信，也说过“有时间喝一杯”，实际上从来没有真的这样。前辈几乎不和学校里的人们来往。准备高考或其他考试期间断绝人际交往的情况并不少见，然而像前辈这样还是有点儿出人意料。我们的关系远不如我想的那么深厚，这个事实令我闷闷不乐。

亨万哥哥在酒桌上不停地说别人的事。谁的年薪多少，谁被迫写减薪同意书，科长挨个叫来职员，每个人都被迫写了。人们纷纷说“我活得更累”“我活得更狼狈”。一名同届校友抱怨说，就因为在故乡是陕川的部长面前随口骂了句全斗焕[1]，结果深受排挤。

“喂，那也比俊强。”

我假装没听见，却为“俊”这个名字竖起了耳朵。

“他不是在供货公司上班吗？干了不长时间就辞职了。那家公司的性贿赂很猖獗。客户做那种事的时候，俊负责结账。天冷了，他就在外面等着，冻得浑身发抖。完事之后叫来经理送客。”

有人开玩笑说：

“为什么等着，一起玩不行吗？”

几个人笑了，其他人却没笑。一个前辈看了看女人们的眼色，换了话题：

“他不是想做导演吗？”

---

① 全斗焕（1931—2021），号日海，出生于庆尚南道陕川郡，韩国第十一至十二届总统，1996 年 8 月 26 日被判死刑，后改为终身监禁，1997 年得到总统金大中的特赦，并于 1998 年初获释。

亨万哥哥撕了块鱿鱼，说道：

“嗯，好几次都走到最后，可还是落选了。最近听说去了有线电视台？”

早晨接到电话，我首先感到欣喜。我知道前辈有多想进电视台。前辈详细询问了我的情况，过得怎么样，是不是还住在原来那个社区，然后说了些不是很熟悉的人们的消息，又胡说八道了几句。他的声音听起来有点儿焦躁不安。很快就没什么好说的了，他犹豫着问道：

“美英啊，今天有时间吗？”

原来他是问我能不能临时出演他负责的节目。有人改变主意，这个问题只能由他自己解决。他说需要在普通人中挑选，却又不认识什么人，刚来公司不久，很为这件事头疼。

“前辈是导演吗？”

“呃？不，是助理。”

“哦，原来是这样。前辈，真的对不起……”

“也就是类似背景的角色。假背景。不会经常被拍到，你就当是群众演员吧。”

前辈继续让我为难，不动声色地建议我把这件事当成打零工。他又补充说，片酬还不错。看来他知道我缺钱。

“我今天还要参加葬礼。”

“嗯，是吗？”

前辈的声音有气无力。

“我有点儿不好意思。”

“是的，可能会这样。”

“……”

“不行吗？不行，是吧？”

“……”

尴尬的沉默流过我们中间。我忍不住先开口了。

“只要坐着不动就行吗？”

前辈喜出望外，说道：

“嗯？嗯，当然，当然。这次也不需要重拍，很快就能结束。”

后悔如潮水般涌来，可是为时已晚了。

“对了，还能玩游戏呢，没事的，不难。谢谢你，美英，真的很感谢。”

“什么？你说什么？玩游戏？”心底急切的呐喊尚未传出，前辈就急忙挂断了电话。我没能解释自己曾经有过“游戏恐惧症”的外号。即使通话没断，恐怕我也不会说。前辈那么开心，我说不出口。

前辈没有出现在大厅。自称作家的女人气喘吁吁地跑了过来。那是个稚气未脱、看样子进公司不久的姑娘。拿到出入证，我们走进电视台。她说前辈忙得不可开交，出不来。在电梯里，她不假思索地问：

“不热吗？”

她看着我的黑色正装问道。她穿着活泼的条纹 T 恤，戴着橙色的斯沃琪手表。

“傍晚要参加葬礼。没关系。”

话是这么说，其实我已经汗流浃背了。女人带我来到在电视台内部也颇显偏僻的普通人等候室。

“进去吧。”

“不，我先在这儿等。”

我指了指放在走廊里的塑料椅子。我不想和陌生人待在陌生的空间里。

“这样啊？助理导演马上就来。崔前辈非常感谢您。一大早就搞砸了，现在又在挨训。今天还请多帮忙。”

她像告诉我重要情报似的窃窃私语道：

“我们导演有点儿神经病。”

说完，她急忙走向拍摄现场。

“哦，等一等。节目叫什么？”

女人似乎有点儿惊讶，你连这个都不知道就来了？她心不在焉地回答：

"《韩国达人》。"

她走了。我独自坐在别扭的椅子上发呆。包括有线在内，我不怎么看电视，根本不知道这是什么节目。作家说这是开播没多久的新栏目。前辈迟迟没有出现。等候室前的走廊冷清而寂静。我靠在椅子上，低着头，一个身穿朝鲜时代武官服装的男人摇摇晃晃地走过。

摄影棚比想象中还要混乱。除了《韩国达人》的舞台，周边空间都摆满了各种杂物，散发着地下室的腐臭味。每天都要几次更换场景，这也不足为奇了。我蹑手蹑脚地走进摄影场，看到突兀地摆放在入口处角落里的希腊神殿柱子。学希腊哲学的时候捎带着学过，柱头拳曲的肯定是伊奥尼亚样式。柱子用劣质泡沫做成，每个浅挖下去的槽里都沾满污垢。贴着巨幅背景画面的木板和用塑料包起的行李包袱很引人注目。墙上张贴着"禁烟 / 白社长""小心火灾"等标语。不过，最震撼的还是挂在天花板上的几百盏照明灯。这些灯让我觉得自己走进了某种专业空间。"啊，前辈在这种地方工作，原来是这样的地方。"远处，牛仔裤兜里塞着剧本的前辈显得很有风度。

舞台上，大概情节和照明、音响等相互配合的"彩排"刚刚结束。编剧助理站在我的位置。我还见到一个看着面熟，却又想不起名字的喜剧演员。前辈说他来主持节目。我瞥了他一眼，试图不让自己分心。喜剧演员并不关心我。不过，他似乎意识到我努力不去看他的事实了。导演坐在椅子上看剧本。他身材魁梧，不像神经病。听说他嘴巴很脏，动不动就骂人。果然不出所料，刚和我目光对视，他就大声喊道：

“喂！她是干什么的？”

我吓了一跳，当时就僵住了。前辈赶忙解释：

“代替那位患肠炎的演员。我这就让她做准备。”

前辈带我来到僻静的地方，要比刚才的片场更杂乱，更冷清。我们站在画有小小人工湖的假背景前。我们对话的样子很像话剧场景。我茫然地望着前辈，脸上满是疑惑和不安。不过，我没有忘记做出好看的表情。化完妆，戴上麦克风，准备工作都差不多了，我不知道还有什么问题。前辈严肃地看着我，好像要说什么重要的事情。

“美英啊，有件事我没告诉你。”

我全身都僵住了。真想立刻夺门而逃，只是迈不动脚步。

“不行，前辈。”

“美英！”

“我做不到。”

我飞快地走向化妆室。前辈急忙追上我。

“等一下。”

前辈慌张地抓住我的胳膊。他的手心都被汗水浸湿了。

“剪辑的时候尽量不让你露脸。除了你，还有很多穿同样衣服的人，不显眼。”

前辈继续在手上用力。他抓得太紧，我的胳膊都疼了。

“不是说还要吃东西吗？”

前辈颤声解释道：

“今天的主人公是大胃王。大胃王比赛冠军，你知道吧？其他人只要尽量多吃就行了。美英啊，拜托了。这次要是再出差错……事先没说清楚，是我不好。我也不知道服装会是这样子。帮我这一次吧，就一次。”

“……”

天花板上的风扇转得真烦人。我有些埋怨地注视着前辈。前辈没看我的眼睛，低下了头。前辈的耳麦里传出模糊的声音：

“妈的，还不快来？”

大胃王竟然是女人，而且很苗条。她穿着紧身背心，下身却是啦啦队女郎才穿的黄色迷你裙。看到她，我立刻明白前辈为什么找我，又为什么恳切地抓住我不放了。他想在周围安排很多胖子突出她，借以告诉人们："这么瘦的女人比胖子吃得更多。"我穿上服装负责人给我的衣服，很长时间没有出去。这是制片人特意准备的小一号的摔跤服。好容易把身体塞进紧得难受的衣服，腰部和腹部的肉立刻暴露无遗，丑死了。不管谁看了都会觉得很狼狈，很滑稽。我犹豫不决，听到作家的催促才走出化妆室。感觉像被人看到了自己的裸体，我紧紧蜷缩，四处张望。为了掩饰赘肉，我不停地拉扯衣服。我安慰自己，没几个人看有线电视，心里却恨不得马上放弃。前辈若无其事地哄我，鼓励我。他的话让我很受伤。

"美英啊，平时怎么吃还怎么吃。不用紧张，明白吗？"

为什么不能夺门而去呢？这让我很苦恼。理由很单纯。我想帮助前辈。但是，我想在帮助前辈、按他意思去做的同时惩罚他，就像为了伤害父母而故意自虐的少年。

"好，开始！"

刹那间，辉煌的照明遮蔽了我的视野，令我神情恍惚。摄像机镜头很陌生，人们好像在参加假装开心的奇怪派对。拿着提示卡的喜剧演员介绍主人公。世界吃热狗大赛冠军，美貌的旅美女侨胞"苏珊·李"。华丽的灯光之下，她伴着迎宾曲登场。她是那种经过适度日晒，看起来很健康的西式美女，脸上带着奇妙的自信和自我满足感。我冷冷地站在右侧最尽头。她为首，左右各两人，共四人。一个是女柔道运动员，另外两个是男举重运动员，而我被介绍为普通职场人士。主持人和苏珊·李进行了常规而无聊的对话。什么时候发现吃的潜质，周围人有什么反应，平时饭量有多大，等等。大胃王比赛不能重拍，因此不能出现失误。工作人员遵守事先定好的承诺和规则，慎重行事。随后，道具组拿来长桌子，上面堆放着无数令人作呕的热狗。关键是看谁在十分钟之内吃掉的热狗最多。胜者已经确定了。不过辅助演员们的身材也不容小觑，足以刺激观众们的好奇心。

铃声响了。选手们开始急匆匆地往嘴里塞热狗。仿佛只有这样吃才能取悦观众，仿佛他们出现在这里就是为了这样吃热狗。苏珊很从容。她似乎把暴食当成技术，老练而优雅地吃着热狗。首先分离面包和火腿肠，然后狼吞虎咽地吃掉火腿肠，然后蘸着水吞下面包。每个动作都准确而迅速。不知为什么，瘦女人贪吃的样子竟然很性感。相反，辅助演员们的吃相却显得凌乱而笨拙。举重选手察觉到冠军的要领，也跟着模仿，却无力追赶苏珊的速度。我低垂着头，消极地嚼着热狗，不过还是打算尽力而为。也许是画面不好吧，导演大喊起来。前辈摸着耳麦，朝我跑来。我伏在桌子上，专心吃着热狗。我想尽量不让摄像机拍到我的脸。前辈拿来素描本，急忙写了几个字，然后来到我这边，拿着纸条使劲摇晃。让前辈看到我暴食的样子，我觉得很难堪，头垂得更低了。前辈有点儿不知所措了。不一会儿，我转头喝水的瞬间，忽然看见前辈手里的图画纸上的文字：

——抬起头来，小家伙。

……

我立刻就蒙了。我拿着热狗，停了下来。黏糊糊的番茄酱和芥末酱沿着双手流下来。剧组乱套了。导演似乎发出了什么信号。前辈面色苍白，又在图画纸上认真写着什么。他哭丧着脸，高高举起画纸，仿佛向我发出求救信号。

——抬起头来，美英啊。抬抬头，求你了。

录像是怎么结束的，我已经想不起来了。我逃跑似的离开拍摄现场，慌慌张张地换上衣服，站在电梯前。我想直接离开，不和前辈打招呼了。返还出入证，走出电视台的时候，周围已经暗下来了。包里的手机不停地响。我不碰书包,无视振动音,径直往前走。我摇摇晃晃，好像挨了揍。我想尽快离开。当我站到地铁站前的人行横道上的时候，听见有人焦急地呼喊我的名字：

“美英啊。”

我没有回头。

“美英啊。”

信号灯变了。我快步逃跑。

“等一下。”

前辈抓住我的胳膊。他汗水涔涔，气喘吁吁。

“我走了。”

我甩开他的手。他更顽强地抓住了我。我感觉胳膊上传来三十岁男人的强大腕力。

“我去化妆室，发现你已经走了。”

他仍然喘着粗气。

“今天辛苦了。一定很累，回去休息吧。对了，你说要去吊唁吧？美英啊，今天真的很感谢。对了，你方便的时候……”

我呆呆地盯着地面，等着前辈接下来的话。

“你用短信把账号发给我，还有身份证号……”

脱了鞋，我瘫倒在地。房间里散发着湿漉漉的洗衣服味道。组合式二层衣架上挂着各种夏天衣服，像蜕下的皮。美希发短信问：“你不来吗？”还有前辈的短信：“路上顺利吗？”我呆呆地看着手机液晶屏的灯光，拔出电池。关了灯，我躺在地板上像个“大”字。天花板上的荧光灯不安地颤抖。这个房子里的灯很奇怪，即使按了开关也不会立刻熄灭，总是微弱地闪烁很长时间。因为电源切断之后，玻璃管里的物质还会发光。有时会持续几小时，闪闪烁烁，不能彻底熄灭。我穿着黑色正装，仰望着天花板。地板很凉。不知道是因为天气，还是因为洗过的衣物，单间里充满湿气。躺在这样的房间里，感觉就像沉入深水。我久久不动，盯着玻璃管里流来流去的水银，忽然想起很久以前和故乡朋友们去过的地方，在波河看到的光芒。

那是八岁暑假里的事了。我和同村孩子们去学校后山玩水。比起小河，水太深了；比起水库，又太小了。这样的水坑被草丛包围，凹凸不平。人们都管那儿叫波河。不是泥潭，也不是河，反正人们就这么叫。那时候，跟我玩的朋友大概有五人。班里学习最好的民洙、后来毁了我数学成绩的炳万、我的死党美希，还有另外几个孩子。那天我和民洙吵架了。民洙先朝我泼水，我脱下连衣裙，哭丧着脸也朝他泼水。民洙弄出更大的水花，朝我走来。复仇接着复仇。正在这时，炳万对大家说了句很奇怪的话：

“喂，他们在谈恋爱！”

我瞪着眼睛，仰起下巴。

“喂！才不是呢！”

炳万用拳头撞击了几下手心，开起龌龊的玩笑。

“喂，这个你们都做过了吗？”

民洙恼羞成怒：

“兔崽子，胡说什么？”

炳万继续描述性行为。

“这个。这个。”

民洙似乎不甘心，喘着粗气回敬道：

“你这么有出息，所以你妈妈离婚了？”

刹那间，炳万满脸狰狞。大家面面相觑，谁都不说话。学习是民洙的长项，然而炳万却擅长打架。我相信炳万会立刻打倒民洙，打得他流鼻血。炳万却只是盯着民洙看了很久，转过身去，“喀，呸！”冲着江水吐了几口唾沫，然后深深潜入水中，消失不见了。民洙安慰朋友们，让大家不要在意。从那之后，每当有人朝我伸手的时候，我就以为那是民洙的手。

我们在水浅的地方玩了会儿，渐渐放松下来。某个瞬间，地面深陷，身体猛然被吸了进去。腥臭的水立刻咕嘟咕嘟地灌进嘴巴和鼻子。手脚不听使唤了，喘不过气来。好像谁也没有发现我溺水了。几个人躺在树荫下睡觉，还有几个在专心看鱼。我想求救，然而好不容易浮出水面，却又只顾喘气，喊不出来。在深水里笨拙地挣扎，很难引起别人的注意。我能做的就是静静地浮起又沉落，反反复复。直到现在，我依然记得当时在水里感觉到的怪异的寂静，也记得勉强露出头来的时候，蝉鸣听起来格外喧嚣。也许是年龄太小的缘故，那个瞬间我没有想见什么人，往事也没像走马灯似的掠过脑海。我只想快点儿摆脱这种状况。我还有点儿孤独。谁都不知道我要死的事，感觉自己被孤立了。这种感觉又无法对任何人说，我只能满心郁闷。夏日的阳光在水面安安静静地摇曳、闪烁。此岸的稀薄而明亮的膜在触手可及的地方华丽地荡漾，仿佛在诱惑我。我想抓住那道光，然而抓住的只是触手即碎的几捧江水。从未有过的恐惧汹涌而来。那是渺茫而且难以言传的恐惧。我渐渐下沉，很难再支撑下去了。这时，我感觉有人抓住了我的手。瞬间，我竭尽全力抓住那条手臂。我不知道自己哪来那么大的力气。我知道拉我手的人肯定很疼，可是我不能放手。不，越是这样，我越是用力。我生怕对方被我的强大腕力吓倒，彻底把我放弃。当我终于出水上岸的时候，我看到了浑身湿透、面色苍白的炳万。沿着指甲印深深挖下去的小槽，凝结着淡淡的血珠、青一块紫一块的胳膊……

回家的路上，炳万显得异常兴奋。也许是救我这件事让他难为情，要么就是因为身体被风吹干而开心。趿着湿漉漉的鞋子走下山路，炳万似乎彻底忘记了和民洙的事，生机勃勃地说道：

“你们知道沙漠里的人们最多死于什么吗？”

民洙用手推推眼镜，自信满满地回答：

“当然是中暑。”

炳万似乎料到他会这么回答，冷笑着说：

“不。是溺死，溺死。”

孩子们纷纷露出疑惑的表情，似乎觉得他又要胡说了。出人意料的是，炳万的解释犹如高山流水滔滔不绝。他说沙漠里缺少雨水，不过一下就是瓢泼大雨，人们容易遭遇突如其来的变故。普通人不但想不到沙漠会下雨，而且也找不到避雨的地方，只能束手就擒。民洙立刻撇着嘴说：

“嗤，谁说的？”

炳万迟疑片刻，小声回答：

“我妈。”

美希挖着灌满水的耳朵，问道：

“炳万啊，你干吗要说这些？”

炳万有些慌张，随口搪塞道：

“啊？哦，我是说，嗯，如果我们去沙漠，都要小心。哈哈。”

明天凌晨出殡。我没赶上末班车，明天恐怕去不了。他潜水很厉害。

我想起他滑溜溜的身体，刚刚消失在深水之中，转眼又像活鱼似的跃出水面。看不见他，我们都很着急。某个瞬间，当他抖着身体唰地出来，我们常常感叹不已。我用胳膊撑着额头。天花板上的荧光灯依然在不安地闪烁，像很久以前在水里看到的光，若有若无，迷茫地蠕动。像闪耀而透明的膜，只要长长地伸出手，仿佛真的可以碰到。突然，右臂传来剧痛。仔细一看，胳膊肘内侧变紫了。也许是刚才前辈抓住我留下的痕迹。胳膊上感觉到前辈的腕力和潮湿的余韵，然后想起前辈对身穿黑衣站在明媚春光里的我说“看见这个女人的生活，所以我喜欢”时，他那俊美的侧脸……这时，我想起故乡的炳万。那是我有生以来最用力地抓别人的胳膊……突然，滚烫的热流涌向喉咙。那种突如其来的感情像沙漠里遇到的暴雨。我想到因为我活着，或者在我活着的时候，有人很痛。我也不知道的地方，某个认识或不认识的人因为我而剧烈痛苦。这么简单的事情，以前为什么从来没有想过？这让我颇为困惑。刹那间，泪水扑簌簌地流下脸颊。我连忙伸手擦拭，眼泪还是不停地流。终于，我双手掩面，放声痛哭。“那样被指甲按着，肯定很疼……”“肯定很疼……”天花板上的荧光灯仍然不安地闪烁，欲灭不灭。挂满夏季衣服的二层衣架淡淡地、久久地俯视着我，俯视着没脱丧服哭泣的我。

虫　子

蔷薇公寓建在低矮山丘削成的绝壁之上。从远处看是平缓的正六面体，实际上却是“十”字结构。算上地下和阁楼共六层，住着三十来户人家。我曾数过生锈的信箱个数，确认了这个事实。除了两次来找我、嫌我脚步声太大的楼下小伙子，我几乎没见过其他邻居，只能凭借犹如日常生活的碎屑般飘进窗户的细微线索，猜测每家每户的情况。有一次，楼下响起很奇怪的动静。深更半夜，庆尚道男人好像在嘀咕什么。我聚精会神地倾听，知道他是在打人。低沉而粗野的嗓音，咔嚓、咣当、啪啪的响声，男人不停地用不易听清的语气反问、催促和讽刺。听声音不像是喝醉了酒或者愤怒发火。他很从容地折磨对方。我缩着肩膀走到窗前，察看动静。外面漆黑，什么也看不到。我踮起脚后跟，身体倾斜。四车道公路的噪声常常吞没了男人的声音。我担心吵醒丈夫，只好作罢。分不清是几号传出的声音，当然我也怕自己惹上麻烦。男人的嘟哝大约持续了一个小时。挨打的人没有任何回应，连声呻吟、尖叫和啜泣都没有。仿佛不在那里，又像压根儿就不曾存在。我回到被窝，紧贴着丈夫的后背。丈夫身上散发着熟悉而甜美的汗味。我专注于丈夫的体味。当男人声音终于停止的时候，我已经沉沉睡去了。当然了，这种事很偶尔才会发生。平时，萦绕着蔷薇公寓的空气里只有傍晚时分烤鱼的香味，或者国家足球队比赛的日子里人们发出的“哇哇”声，还有晒在窗边的花盆的寂静、隔壁孩子的哭声，以及通知快递顺利到达的轻快的门铃声。不过最近地下也传出过呻吟。大概是凌晨一点左右，突然有人发出“啊——”的惨叫。也许是因为委屈，按捺不住愤怒而独自发出的呐喊。我惊讶地坐起身来，可是之后再也没有任何动静。那天四点左右，那人又“啊，啊，啊——”连续叫了三声。仅此而已。

蔷薇公寓的“十”字结构为每个房间提供了不同的风景。除了洗碗池上方大小如搁板的窗户，室内的窗户只有玄关对面的一扇。窗户占据了半边墙的一半。我们决定搬到这里，其实也是因为这个缘故。恍惚间涌入整个房间的阳光。相对于面积来说便宜的价格。紧邻地铁站的距离。虽说推拉式的简陋纱窗有点儿不便，然而这样的条件已经不错了。为了找房子，我们吃了不少苦头。利率太低，几乎没有传贯房[①]。即使有传贯房，传贯金也比我们手头的钱贵出几千万。腾房的日子临近了，还没找到合适的房子，正在着急的时候，我们发现了蔷薇公寓。我们近乎草率地急忙签了合同。搬来一个月后，我们才知道这里已经被指定为拆迁区域。

我们的房子直接连着单元楼后面的悬崖。悬崖有十几米高。从我们住的四层看则显得更加遥远。绝壁下面紧挨着一排排的老旧住宅。大部分都是单层、红瓦房顶、建成三十年以上的房子。尽管看起来无比寒酸，然而最初在这里竖起大梁的人们，心里肯定洋溢着自信和对未来的期待。这就像因为货币政策变化，一夜之间变成白纸的一九六〇年代的纸币，如今扎根的自豪感也变得毫无意义了。人们管这里叫作“A”。在新林洞、上溪洞、里门洞、九老洞、三清洞，到处都有这样的房子。A 区被路边的旅馆村和排列在绝壁上的单元楼村团团包围，面积差不多有中学操场的两倍大。今年夏天，这里将撑起无纺布做成的帐篷，从而显得更加孤独。

蔷薇公寓和 A 区的边界，也就是绝壁的下面长着茂盛的杂草。草

① “传贯”，是韩国特有的物权 / 债权制度。简单地说，“传贯”就是房客在签约入住前交给房东一定额度的押金（传贯金），“传贯”合同期满后，房东则将全部传贯金返还给房客。

在长期无人光顾的土地上恣意生长，给人执着而贪婪的感觉。那个地方，偶尔会有从未见过的昆虫爬入蔷薇公寓。那些青色、圆滚滚、蠕动的东西让人很反感。好像是入住三个月后吧？一只手指大小的昆虫爬上了放在窗边的收纳箱，我大吃一惊，连连跺脚，却又不敢用卫生纸捏起来，只好喷杀虫剂。淡绿色的虫子慢慢地蜷缩着死去了。前几天在卫生间又看到什么黑色物体逃入下水道，我吓得失声尖叫。原来是和甲虫差不多大的蟑螂。以前住的房子里也不是没有蟑螂和蚂蚁，然而那是我有生以来见过的最大的蟑螂。我使劲往浴室地板上喷酸性洗涤剂，然后给丈夫打电话。正在大丘出差的丈夫说没关系，那东西不会常住室内，只是过路的蟑螂，让我不要担心。后来蟑螂又出现过几次。更恐怖的是不起眼的小虫子。黑暗之中，胳膊上能感觉到轻微的蠕动，开灯看时什么都没有。感觉到了，却又抓不住。从窗户进来的吗？装空调时打的孔和细微的缝隙都仔细检查过了，真不知道它们究竟是从哪儿进来的。

以前住在这房子里的是中国人。他是附近大学的交换生，住了两年就回国了。他把这个房子当成了垃圾场。不知道是因为他和以怪僻著称的主人老太婆关系不好，还是因为反正要离开。我记得老太婆不给学生退押金，学生父母恼羞成怒，不动产老板问我可不可以先交清余额。我们穿着鞋进入这个房子。401 号内部几近腐烂。地板革漆黑，好像从未擦过。卫生间到处都是霉点，根本进不去。不动产老板看了看我们的脸色，说要给我们重新粉刷，换地板革。但是，他没有遵守承诺。搬家前一天，我们使出浑身的力气打扫卫生。犹豫着要不要换地板革的时候，疲于协商和争执的丈夫反对说，不要为他人做嫁衣。我们搬家前几个小时，老太婆在傍晚时分找来两名工人，敷衍了事地做了粉刷，还要去了 20 万元①。房间里堆放着各种粉刷用品和垃圾。我们忍气吞声地收拾。明天早晨就要搬家了，我们别无选择。“毕竟房租便宜”“干一天活儿也没什么大不了的”，我们互相安慰，努力不让不祥的征兆污染我们的未来。那天，我们使用的洗涤剂超过五种。喷雾器形式的除霉剂、雪白的海绵、尖嘴的马桶清洗剂、疏通下水道的洗涤液、油污专用清洗剂……此外还准备了钢丝球、抹布、拖把、笤帚、橡胶手套、厨房用纸、干毛巾等各种清扫用品。世界的某个角落里竟然存在着功能如此齐全的洗涤剂，这让我很放心。等到万事俱备，我很兴奋。房子太糟糕了，我反倒冒出把它装饰得漂漂亮亮的欲望。窗户挂上原色卷帘，一侧墙壁贴上带有花纹的装饰壁纸，再加几个玲珑的花盆，气氛立刻变得不同。清扫没有想象的容易，擦地板就用了

① 除特别说明，文中货币皆指韩元。1 元人民币约合 190.15 韩元。

四个多小时。地板革上挖了很多凹槽，模仿实木材质的感觉。那些凹槽之间满是污垢。我戴着橡胶手套，使用高浓缩洗涤剂做成的海绵清扫地面。跪在地上用海绵擦一遍，再用卫生纸擦掉脏水，然后用浸水的海绵揉搓，再用湿抹布擦，最后还要用干抹布擦干净。想到我们的皮肤会直接接触到地面，那就不能敷衍了事。401 号被过量喷洒的酸性洗涤剂浸得湿漉漉的。我和丈夫擦着地，鼻涕和泪水不停地流下来。清扫冰箱和洗碗池、擦窗户、整理玄关等琐事做完之后，已经过了凌晨四点。我们捆起垃圾袋，洗手，喝水。然后，我和丈夫在极度的疲惫中不约而同地靠在洗碗池旁，急匆匆地交合。

完事之后，我站在窗前喝水。丈夫不知什么时候走到我身边，从后面抱住了我。犹如水坑般凹陷下去的 A 区域，几盏路灯发出白茫茫的光。

“那是树啊？”

“哪儿？”

丈夫抬起手指，指着某个地方。

“那儿，就在那家的院子里，不是吗？刚种上的时候应该很小，你看，现在占据了整个院子，隔壁的房顶都被盖住了。树比房子都大啊。”

我抚摸着丈夫的胳膊。

“长到那么大，需要多久？”

“怎么说呢，大约二十年？或者三十年？真的好大啊！也许早在这个村庄存在之前就有了。会不会有三百岁了？……哎呀，不知道。”

这棵树叫什么名字不得而知。我们默默地凝视窗外。孤零零地站在市中心的大树的黑色轮廓，正在风中神圣而美丽地摇曳。

那段时间，每天都很幸福。我们陆陆续续买了些盆栽，据说叶子能释放负离子的虎尾兰、芬芳的迷迭香、适合红色花盆的黄金香柳、小仙人掌、薄荷、橡胶树、龙血树。希望它们能把简陋的婚房点缀得绿意盎然。太阳升起，我会打开窗户，叠被子。热水器调至温水。撒出新一天的第一泡尿。既然进了浴室，我顺便拧干抹布，等待水温变得合适的时间用来扫地。书桌和装饰柜每天都要擦拭，从不懈怠。偶尔我会好奇，这么多灰尘是从哪儿飞来的，构成这个世界的粒子究竟来自何方？每天擦，每天扫，还是无法彻底清除。有一天，我正在拖地，忽然就静静地蹲在地板上了。四四方方的阳光斜斜地照着地板革，我发现有什么东西在正方形里隐隐地荡漾。那是地板映出的游丝的影子，也是在我脚下神秘荡漾的春之气息。我顿时激动地感叹：“啊，原来看不见的东西也有影子。”清扫结束，我开始洗澡。啊，热水的感觉。还有愉快的担心，我会不会因快乐而中毒呢？蔷薇公寓的锅炉太过陈旧，温水不正常。开始先出热水，渐渐变成温水。洗头的时候，我用右手抓住淋浴器，左手握着水龙头，感觉水凉就把水龙头轻轻拧向“温水”。下午买菜做饭，也不忘结识干洗店、副食店和肉店的老板，开拓值得经常光顾的店铺。

蔷薇公寓比我们的第一间婚房宽敞明亮。搬来之后，我才明白以前我的身体在受限的空间里承受了太大的压力。竟然能在自己的房间里做大动作，这真让我吃惊。再过些日子，我可以在家里大胆地踱步打滚，心安理得。丈夫总是强调说，同样的面积，一居室要好过两居室。搬家后我庆幸自己听了他的话。问题是噪声。虽说隔着 A 区域，然而蔷薇公寓毕竟靠近公路。我们最满意的大窗户送来阳光和风，同时也成了灰尘和噪声的通道。尤其受不了汽车的声音，不知道来自哪里，很快又消失，像不远不近的谣言，又像以恐怖的速度涌来，留下三四个脚印便退却的波涛。不知不觉间，住到宽敞地方的欲望开始转变为对安静生活的向往。也许以后还会向往空气清新的地方，或者有许多好邻居的地方。但是在首尔，满足这些条件的空间并不多。我讨厌汽车声，却又在全身心地吸收这些声音。每天我都在痛饮城市。这改变了我的表情和语气，改变了内脏的秩序。有一天我忍无可忍，跟丈夫发起了牢骚：

"哥哥，我快被这些声音逼疯了。"

挑选房子的时候表现积极的丈夫显得闷闷不乐。

"怎么了，我觉得挺好啊。"

"你主要是夜里回来嘛，我整天都待在家里。"

"开着点儿收音机，也许会好些。"

"我想要的不是别的声音，而是什么声音都没有的安静状态。仅此而已。"

真的是这样。宁静是透明的膜，像臭氧层保护我们的身体。像水和阳光，对于生命不可或缺。汽车的声音总是撕破宁静。

"哪有完美的房子，忍着点儿吧。我朋友住的是 30 坪①的公寓，可是在机场附近，平时都不能开门。"

我没有责怪丈夫无能，却还是感到歉疚。

"我的意思……"

"以后我们搬到更好的地方。再省着点儿，到时候还要生孩子……"

丈夫轻轻抚摸我的胸脯。我没说话，闭上了嘴。丈夫手上用了力，我感觉乳头好痛。

"来吧？"

---

① 为韩国土地计量单位，1 坪相当于 3.3 平方米。

我半推半就，犹豫不决。

“不想吗？”

丈夫看着我的脸色，眼里含着期待，似乎相信只要纠缠下去，我肯定会同意。

“哥哥。”

“嗯？”

“我最近没来月经。”

突然间，丈夫脸色灰白，表情僵硬，好像目击了什么残忍的东西。

“怎么了？”

丈夫声音颤抖着说：

“看那儿。”

我转过头。一个触角长长的黑色物体正在天花板上无声无息地爬行。像蜈蚣一样有很多只脚的蚰蜒，俗称“钱串子”。

“啊！”

仿佛马上就要落在我们脸上。我紧紧贴在丈夫胸前。向来胆大的丈夫也明显地紧张起来。

“怎么办？嗯？怎么办好啊？”

钱串子蠕动着身体，悠然自得又大摇大摆地爬过我们头顶。丈夫起身去找杀虫剂。钱串子飞快地消失在天花板的角落里。这是我在这个房子里见到的第一只虫子。

孩子应该诞生于我们在洗碗池前交合，因为强烈的洗涤剂而浑身火辣辣的那个夜晚。搬到蔷薇公寓的第一天，孩子也入住了我的身体。我们艰难地做出了生下孩子的决定。按照原计划，我们本应在三年之后生孩子。已经两度放弃孩子了，这次很难再下决心。婚前一次，婚后一次，两次都是经济原因。确认怀孕之后，我首先想到的是“短期内买不上房子了”。感觉就像原以为快到终点的马拉松又无限加长了。尽管心里也期待怀孕，却还是忍不住失望。丈夫温柔地笑着说，要多赚钱才行啊。那是凄凉而疲惫的微笑。丈夫在中小型制果企业跑销售。我们家里堆满了他从公司带回的点心盒子。丈夫经常给朋友们糕点、糖果或巧克力,还说“需要什么尽管告诉我”。丈夫不怎么说公司的事。他在库存或收账等方面的困难肯定很多，不过最大的困难似乎是性格不够圆滑。他毫无怨言，坚持不懈地上班下班。他叹着气说，至少好过制药公司，这点儿辛苦走到哪里都免不了。

这时，A 区域正式开始拆迁了。丈夫经常出差，我默默地忍受着噪声，处理家务。那些主人不在家的房子长期空置，奇怪的是从没见过有人从这里搬走。他们在转瞬之间，同时消失了。有时我站在窗前，凝视着建筑物张开的嘴巴里的黑暗。A 区域周围萦绕着令人不悦的寂静。除了谈恋爱或抽烟的高中生，没有人特意去那儿。

天热了，A 区域渐渐散发出难闻的气味。那是陈旧的建筑材料和垃圾堆在烈日下腐烂的味道，还掺杂着长期生活在那里的人们的体味。我感觉那是贫穷的味道。恶臭径直飘入蔷薇公寓内部。蚊子也跟着嚣张起来。原来寄居在下面的蚊子没人可咬，全部拥到了上面。丈夫看了看从刚住进来就不满意的纱窗，发牢骚说：

“这个有点儿破了吧？这儿被咬坏了，有缝隙啊？”

“要不要换个新的？”

“算了，夏天很快就过去了。不要帮房东做事。”

丈夫打开又关上推拉式纱窗，仔细观察。纱窗发出不安的吱嘎声，朝着绝壁那边倾斜。

“呃？”

吃惊的丈夫连忙抓住纱窗。

“唉，差点儿掉了。”

丈夫努力把纱窗放回原来的位置，手上沾了黑乎乎的灰尘。我走到丈夫身旁，抱住他的腰。远处，像幽灵都市般寂静的 A 区域映入视野。

“看来施工真的开始了。”

丈夫甩了甩手，回答说：

“很长时间内会很吵的。”

片刻的沉默。

“这些都推倒，建成新公寓，需要多久？”

“现在施工速度很快，恐怕需要两年左右吧？”

“两年正好是我们的合同期，好委屈。”

丈夫恶作剧地补充说：

“两年后我们搬到别的地方，那边正好也开始施工，又要两年。”

这个玩笑不太吉利，我笑了笑。

“住在那里的人都很穷吧？”

丈夫笑嘻嘻地说：

“你以为你不是吗？”

“我们怎么会和他们一样？”

不一会儿，我把头靠在丈夫肩上。丈夫认真地问：

“那棵树也会被砍掉吗？”

数百片树叶在宣告雨季到来的初夏风中扑簌簌地摇曳。

“应该会吧。”

丈夫摸着我凸出的小腹，转移了话题：

“孩子长得还好吧？”

说完，他漫不经心地用打火机压死了在窗台上爬来爬去的芝麻大的虫子。

随着预产期临近，肚子越来越大，施工也加快了。从清早到太阳落山，A 区域在咣当咣当的噪声中渐渐消失。我总感觉房子在震动。施工从 A 区域的左侧最边缘开始。靠近蔷薇公寓的房子位于右侧尽头，将最后被拆除。整个夏天，我都能听到下面的社区消失的声音。万里无云的晴空之下，挖掘机凄厉地哀号，像从早到晚用前爪挖沙子找水的野兽。遮板里面工作的人没有想象中的多。挖掘机司机一名、敲敲打打的工人两三名、拿着橡胶管喷水防尘的男人。他们的劳动迟钝而倦怠。泡沫、木材、碎玻璃、瓦片、混凝土、钢片等堆放得乱七八糟。碰上下雨，施工就要拖延好几天。阴沉沉的天空下，暴雨中的废墟竟然意外地透出几分肃穆。肚子大了，活动吃力，可是我并没有疏于清扫，反而比以前更卖力地擦地。面对渐渐坍塌的外部世界，面对不断飞来的污染物，这是保卫我们家的仪式。家里冒出了各种各样的虫子，蜘蛛、蛾子、瓢虫、尺蠖、蜉蝣等，既有熟悉的昆虫，也有不知道名字的家伙。我很好奇是否别人家也经常发现害虫，却又无从知晓。不时有防疫车驶出洞事务所，沿着胡同喷射白色的烟雾。

我在家中各个地方都贴了放有粘虫胶和杀虫剂的胶囊，还往长筒袜里塞上银杏叶，放在卫生间和家具缝隙里，煮熟的土豆里掺入硼酸，涂抹在洗碗池和冰箱附近。尽管如此，虫子的数量还是没有减少。我怀疑是因为丈夫带回的点心，曾经把没开封的箱子直接扔到了外面。虫子没有消失。有时感觉痒痒，就翻开穿在身上的 T 恤仔细察看。粘在衣服上的只有几根头发。有时害虫几天出现一次，有时一天发现三只以上。站在门前，发现鞋里有只死蟋蟀。刚刚感觉情况有所好转，忽然又严重得令人气愤。其实我也有了抵抗力，不太在意几只虫子。有时候荷尔蒙加重了忧郁症，我会因为爬过地板的鼠妇虫而萌生想死的冲动。那天我抱着电话放声痛哭。丈夫良久无语。我感觉到了电话那头丈夫的疲劳、叹息和烦躁。因为类似的电话我已经打过很多遍了。他说，这些东西，只要有人就会有它们，而且我们的身体里也住着很多虫子。我很委屈，于是提醒丈夫他也有过被钱串子和壤虫吓得发抖的经历。那些出现在厨房和天花板的虫子，难道就不会从被窝或饭碗里爬出来？孩子马上就出生了，这样能放心养孩子吗？他说正为欠款的事焦头烂额，挂断了电话。也许是觉得歉疚，他又轻轻地说了句我爱你。我知道这是他的真心话，可我还是觉得自己没有被理解。丈夫不像我这样经常看到虫子。他一回家就睡得昏天黑地，好像很长时间没睡觉似的。他认真看的不是虫子，而是存折里的余额，还有肚子饿或困倦之类琐碎的日常欲望和妻子鼓得可怕的肚子，还有以转基因玉米为主要原料的零食的销量曲线，等等，仅此而已。

夏天过去，秋天来了。九月，炎热依旧没有消退。即将临产了，我心跳得厉害，呼吸也变得急促。电视里频繁出现气候异常或环境污染之类的话题，摄像机还以特写镜头展示了公寓锅炉房里成群结队的蚊子。秋天来了，却又感觉秋天似乎永远都不会来。不知疲倦地繁殖的季节，过于蓬勃的夏天像贪吃的怪物，越来越胖。不合时宜的热带夜在继续。我们像长满绿藻的湖水里的鱼，掀开被子胡乱踢腾。热得辗转反侧，好不容易睡着了，有时却被萦绕在耳边的蚊子吵得直起鸡皮疙瘩，猛然醒来。暴热和雨季在继续。大雨持续了十天，仿佛要吞没世界。反正我们只能忍受，因为所有人都是这样，所有人都在坚强地支撑。

我在婴儿围嘴上绣十字绣，等待着分娩。我想见到孩子，也想尽快摆脱妊娠的不便。丈夫经常加夜班，越来越瘦。制果业的状况越来越糟糕。中国原材料出现问题没过多久，又发生了孩子吃果冻噎死的事。最近，某时事节目报道说点心有害健康。制造业不景气，销售当然也好不了。他在我身边的时间越来越少。丈夫说这都是为了我们的孩子。他对养育孩子的恐惧似乎比我还重。一天又一天，我的身体发生着细微的变化，有时变化又非常剧烈。孩子坚持不懈地向我发出信号，提醒他的存在。这种感觉太生动了，我时而喜悦，时而忧郁。我不可避免地在崇高感和卑微感之间陷入了混乱。手指变粗，结婚戒指都戴不上了。我把戒指放进窗前收纳柜上的盒子里。那是蓝色的天鹅绒盒子，质量保证书铺在盒底。为了给我买个像样的婚戒，丈夫攒了半年的零花钱。那时他还不是销售员，在搬家公司和快递公司做苦力。学费、生活费，怎么赚也赚不够。戒指正是那段时期送给我的礼物。因为雨季，A 区域的施工速度放慢了。拆迁是形式上的，似乎只为防止 A 区域变成犯罪高发地带。靠近蔷薇公寓的区域开始拆迁的时候，我的分娩近在眼前了。

我在震耳欲聋的声音中醒来，感觉有人一大早就冲着我的耳朵使用搅拌机。我拿枕头堵住耳朵，紧紧闭上眼睛。

“又开始了……”

搬家后一直都有这种声音，然而这次的强度却大不相同。我凭直觉判断，附近有什么东西粉碎了。最后，我放弃睡懒觉起床了。我用手撑着腰，摇摇晃晃走向窗前。果然不出所料，蔷薇公寓附近的一栋房子倒了。那是我和丈夫经常看的房子，院子里有棵大树。陈旧的单层建筑很轻松就破碎了，红色的瓦片之间掉出了内脏似的稻草堆，紧接着蹦出来的是泡沫、墙砖和木块。这么容易倒塌的房子竟然支撑了那么久，太神奇了。附近有人用水管洒水。出租车、巴士和轿车在遮板后面匆匆移动。这些旋转和运动呈现出 A 区域的日常风景。挖掘机彻底捣碎建筑之后，挪进院子，然后抬起前脚，朝着大树发起攻击。大树没有轻易倒下。也许是因为根太深，太顽固，已经伸展到整个 A 区域。大树不肯放开自己抓住的东西。挖掘机继续进攻大树。大树顽强抵抗，终于还是发出“咔嚓”声倒下了。那一刻，我也短短地叹了口气,呼……然后,我抓着放在窗前的收纳柜深呼吸。后背冒出了冷汗。孩子在腹中蠕动，似乎急着爬出来，动作比以往任何时候都更有攻击性。我一手捧着肚子，另一只手撑着墙。不知过了多久，挖掘机缓缓开往下一个目标。我艰难地调整呼吸，注视窗外。大树倒下了，犹如战争中随意扔在路边的尸体。

丈夫很晚还没回来。我打电话，话筒里传来急切的声音。

“老婆，看新闻了吗？巧克巧克薯片里发现了蛆虫。”

巧克巧克薯片是最近股价攀升的产品。广告声称是健康点心，原料是在东南亚洁净地区栽培的有机农产品，价格因而提高了两倍。

“……回不来吗？”

丈夫迟疑着说：

“啊？不是。可，可以回去。我看情况，尽快回家。”

丈夫絮絮叨叨地解释着公司里的情况，然后才问起我。

"身体怎么样？没事吧？"

我想说上午的阵痛，想了想还是没说。

"嗯，哥哥呢？"

"哦，我也没事。"

丈夫安慰似的补充道：

"明天让岳母来吧。虽说离预产期还有几天，可是不能这样了，身边有人才行。如果来不了，就让我姐过来。对不起。"

我违心地说：

"没关系，还有时间。路上小心点儿。"

我无聊地看着电视和钟表，等待丈夫的电话。十点，十一点，丈夫还没回来。我突然预感到他今天不会回家了。他从未夜不归宿，可是不知道为什么，我心里很焦急。躺在床上，几次起床去解并不畅快的小便。想打电话，犹豫片刻还是算了。已经十二点了，我还是按了重拨键。漫长的信号音之后，丈夫接了电话。

"哦，老婆。"

"还不回来？"

丈夫的声音比刚才更焦躁，说早晨才能回去，还解释说他的顶头上司连岳母的葬礼都没参加。我什么也没说。丈夫保证说这是最后一次，以后不会再这样了。我感觉全身都没有力气了。

“要是有什么事，一定要打电话，知道吗？”

“……”

“生气了？”

“……”

丈夫屏住呼吸。

“哥哥。”

丈夫高兴地说：

“嗯，怎么了？”

“今天早晨太吵了，我睁开眼睛一看，以前我们看过的那棵树，那棵树倒了。可是，那时候……”

“老婆，我现在接电话不方便，明天见面再说，好吗？”

关上灯，我躺下了。窗外依稀传来汽车的声音。“他会不会有别的女人了？”我摇了摇头。我曾试探着问过，丈夫责怪我说：“婚外恋也得有钱才能玩。”他嘴上这么说，似乎又很满足于我的紧张。事实上，最近丈夫带回的东西和钱数跟从前没有差别。分娩临近，几乎不能同房，可是我们仍然恩爱有加。当然，恋爱时的紧张和激情减少了，不过彼此的身体如水乳交融般的舒服感觉也不错。我们像寻找枕边水似的相互摸索，随即纠缠在一起。不是刺激地冲浪，而是在深水里游泳，平平淡淡而又模模糊糊。我们就这样贪恋和依赖着彼此的身体。凉飕飕的风从窗户吹来。那是清爽的,令所有人安心的风。大自然貌似广阔,实则并不宽容。愉悦的空气在鼻孔里穿梭。我把手放在肚子上，思考着我们的未来。

“到了冬天，一切都会好起来。公司稳定下来，虫子减少，我们也有了孩子。间歇性的忧郁和善变就像害喜，都会消失。我和老公的房事也会更加顺畅。”

职场上马不停蹄的丈夫让我心生怜悯。这样的生活至少还要持续几十年。我那不谙世事、腼腆羞涩的爱人啊。我盯着天花板胡思乱想。要不要把各种缴费换成自动转账；要不要再去抗议经常拖延时间的干洗店；还有在同学积极怂恿下买进的基金，从没想过上涨的 300 万元基金什么时候赎回；万一分娩过程中发生意外，他会怎么样……我闭上眼睛调整呼吸。根本无法入睡。我用被秋风吹得干爽的被子裹住身体……突然间，我感到毛骨悚然。窗边似乎响起窸窸窣窣的声音。

“是风吗？”

我抬头往窗边看去。四周已经黑了，什么也看不到。应该没什么吧，我准备继续睡觉。我摸着手机，安抚着想给丈夫打电话的心。我不想让丈夫觉得我纠缠不休，也担心会妨碍他工作。我也的确有点儿失落。我换个姿势，蜷缩起身体。那个奇怪的声音再次响起。好像什么东西在抓挠铁丝做成的防虫纱网，又像有什么东西轻轻弹起的声音。我抬头盯着窗外，忽然有种不祥的预感。我很紧张，迟疑着欠起上身。声音戛然而止。我一动不动地坐着，等待后续反应。那边没有任何反应。

“最近太敏感了。应该没事的。”

刚刚躺下，先前的声音再次传来。这次的动作更显积极。我干脆起来开灯，小心翼翼地走向传出声音的地方。我看见纱窗微弱而有规则地摇晃，以及纱窗后面，贴在狭窄栏杆上蠕动的物体……我靠近那个黑乎乎的东西，不禁大惊失色。一只大壤虫正不知疲倦地用头撞纱窗，似乎想钻进房间。我从未见过这样的虫子，身体像小南瓜，全身长着肉麻的绒毛，淡绿色的后背上嵌着清晰而华丽的斑点。它比我以前见过的所有害虫更大，更可怕。我僵住了，一动不动地站了很长时间。真是不可思议，这家伙怎么会爬到这儿呢？

“怎么办？”

我看了看放在枕头下面的手机。

“深更半夜的又说虫子的事，丈夫该多讨厌啊！本来他就有点儿疏远我了。”

壤虫像带来紧急消息的传令员，正在奋力挣扎，似乎马上就要进来。我站在原地，怔怔地看着蠕动的虫子。突然，我感觉仇恨和憎恶在我内脏深处生动地复活了。眼前的虫子被我当成家里所有昆虫的根源，所有害虫的头目。我毫无根据地确信，仿佛只要杀死这个家伙，别的虫子就再也不会出现了。

我从浴室里拿来除霉洗涤剂。杀虫剂可能对腹中胎儿不好，毒性恐怕也不足以杀死那么大的生物。我使劲仰着上身，朝着虫子喷射消毒液。“哧哧”——洗涤剂泡沫沿着纱窗网眼快速流淌。壤虫战栗着滚落下去。与此同时，我体内施虐的快感也在蠕动。我更凶猛地喷射洗涤剂。

“去死，去死，必须死……”

纱窗上消毒液流过的地方变成了白色。壤虫肚子朝天，蜷缩着身体如癫如狂。尽管令人作呕，然而我还是盯着壤虫痛苦的样子看到最后。壤虫似乎没了力气，身体开始扭动。不一会儿，它垂下头，无聊地死去。

我走进卫生间，用肥皂使劲搓手。我感觉自己变得大胆了。从今往后我要更合理、更冷静地解决问题。现在只剩处理尸体了。起先我想放在那儿不管，也让丈夫看看，让他知道我以前并非大惊小怪。可是我又不想让他知道我和那么凶恶的虫子交手，还把虫子杀死了。这里不乏我的自卑感，感觉自己怀孕之后性魅力有所下降。最后，清理虫子的想法还是占了上风。反正下面就是垃圾场。那里不仅有死虫子，还有很多熙熙攘攘的活虫子。吱嘎，我小心翼翼地打开纱窗。为了防止像上次那样纱窗从窗框脱落，我轻轻地朝旁边推开，留出一只拳头的空隙。我从橱柜抽屉里拿出一双木筷，尽可能抓住筷子末端，朝着虫子伸了过去。筷子刚刚碰到绒毛的瞬间，虫子猛地抬起头来。我扔掉筷子，失声尖叫。虫子直起上身，注视着我。

“啊！”

我挥着胳膊往后退。同时，收纳柜上的戒指盒也被我的手打落，掉到绝壁下面了。那是几个月前我放入结婚戒指的蓝色天鹅绒盒子。啪，虫子掉下去了，一头扎向 A 区域。

“……”

A 区域犹如吞噬世间万物的深渊，张着黑色的大嘴，若无其事的样子。那里显得无比深邃而黑暗。一只黑色的蛾子扑啦啦飞入房间。我不由得目瞪口呆。蛾子绕着荧光灯扑棱棱乱飞。

丈夫关机了。转为语音留言的信号音和随之而来的寂静很渺茫，像 A 区域的黑暗。不知道是没电了，还是有事关机。茫然的烦躁和怨恨从心头升起，我恨恨地想，这个时候如果发生让他终生后悔和内疚的小事故就好了。我的想法感性而幼稚。我不知道丈夫什么时候回来。施工从清晨开始。这意味着找回戒指的时间不多。天亮之后，挖掘机又会颠覆和摧毁下面的建筑物，到时候我就真的束手无策了。我咬着指甲，苦恼不已。我的心里闪过危险而又无法抗拒的念头。

“下去看看？”

我终于还是没有勇气。这个时间，只有我，哪怕只是脚下踩空，也可能铸成大错。绝壁下面的草丛是我宁死也不想靠近的地方。刚才那只虫子就掉到那里了，说不定里面还有别的什么生物。可是戒指，以及盛在里面的丈夫的劳动和我们的时光、回忆和意义，我不想轻易放弃。我已经下意识地说服自己了：

“那不是A区域嘛,天天都看。那只是要盖新房子的普通地带罢了。”

大部分建筑都粉碎了，所以没有胡同，应该不那么危险。可我还是不敢迈开脚步。我催促自己。想想从前那些在更恶劣的情况下幸存的妈妈，想想古代那些野生而又健康的产妇。

“五分钟就够了，五分钟……”

这是我为了得到什么而付出的最廉价的时间。我在抽屉里翻找手电筒。不知道哪儿来的勇气和莽撞。罪恶、自怜、傲气、孤独、徒劳的希望、自负、贪恋等在心里激荡,我恍恍惚惚地走下蔷薇公寓长长的楼梯。

进入A区域的过程比想象中顺利，从挂在铁柱子上的无纺布之间钻进去就行。刚进去，脚下就传来玻璃片破碎的声音。这个声音在寂静中显得格外响亮。A区域只剩了几盏路灯。远处还有三四栋尚未拆除的建筑。那里有一盏路灯，对面远远地也有一盏。借助手电筒和路灯的隐约光芒，我一步一步穿过黑暗。每走一步，脚下都发出吱嘎、唰唰、咔嚓的声音。身子太重了，移动起来很不容易。没走几步就已出汗，呼吸也变得急促了。路灯的光芒还是给了我奇妙的安全感。灯光映黄的遮板轮廓提醒人们，A 区域和外部世界的界限非常薄弱。这里不是丛林或迷宫，而是城市；前面不远就是首尔中心，那里有旅馆，有教堂，有家庭餐厅。灯光似乎这样对我说。A 区域的地上到处都是建筑物的残骸，并不平坦。有的地方凸起如小山丘，有的地方又凹下去，中间还有陷脚的地方。我尽量谨慎地朝着目的地挪步。泥土里散发出腥臭味。我捂着鼻子，用嘴呼吸。

草丛就在附近。只要经过前面的一根大柱子，就能到达盒子掉落的地方。柱子横躺在地，犹如倒下的电线杆。我不知道是跨过障碍物，还是应该绕过去，于是照着手电筒观察。坚硬而粗糙的皮肤、像求助的手一样长长伸展的枝干、像鱼一样集体死亡的叶子……是大树。那是 A 区域唯一的树，曾经顽强地耸立在某户百姓人家的院子里。不知道它有多少岁，毫无疑问它是很早以前就存在的古树。每当有风吹来的时候，它就神圣地摇曳，今天早晨却被砍掉了……难道是因为心里觉得别扭？我突然感觉到奇怪的气息。环绕四周，安静而神秘的能量正在移动。我用手电筒照了照地面。一只蚂蚁爬过脚背。蚂蚁正向某个地方移动，因为暴露于灯光下而立刻逃窜。我用手电筒去照草丛。只看到茂盛的杂草，没有看见盒子。好像应该绕过大树，远点儿也没关系。我加快脚步，念起了平复心情的咒语：

“马上就到草丛了。捡起盒子，离开这儿。”

经过树根的刹那，我目睹了惊人的场面。大量的虫子成群结队地移动。长长的虫子队列分成几排，像难民似的拥向城市——城市。我哆哆嗦嗦地举起手电筒，追踪它们的队列。我想立刻逃跑，又想弄清是什么状况。手电筒的光芒焦急而散漫地搜索着 A 区域的各个角落。我只看见平时经常看到的垃圾堆。灯光在周围游荡，继而停在某个地方。我站着的位置，就是这个地点。虫子的移动从大树开始。大树像切除子宫的女人，慷慨地敞开双腿。我忐忑不安地弯着腰，往树洞里面照去。树桩被穿透了，奇怪的是，里面竟然是空的。虫子们源源不断地爬出深邃的黑暗。各种各样的虫子，大概有几千只，真让人难以相信。我拿着手电筒的手瑟瑟发抖。震惊随后变成了恐惧。虫子们会不会改变路线扑向我啊？我本能地想回家，身体却不听使唤。

“移动，移动。”

我向全身的关节和肌肉下达命令。奇怪的是，腿纹丝不动。我怔怔地看着双腿之间。胯下流出热乎乎的液体，像尿。羊水破了。刹那间，我的脑海里只想起一个词：

“手机……”

我这才想起出门的时候太着急，竟然没带手机。脑子里一片空白。我低下头，无奈地望着僵硬的下身。鞋里已经黏糊糊的了，小腹传来剧烈的疼痛。

“啊！”

双腿无力，我扑通坐在地上。那是乱糟糟堆放的碎混凝土，像凸起的坟墓。腰靠着土堆，我敞开双腿躺下，竭尽全力地大声嘶喊：

“帮帮我。”

声音在虚空中隐隐约约地消失。好像没有人听见。即使有人听见，恐怕也想不到在凌晨一点，会有产妇敞开双腿，躺在空旷无人的拆迁地域的建筑物残骸上面。小腹火辣辣地痛，头晕。太痛了，痛得想吐。我又拼命大喊：

“救命！”

遮板那边远远地传来汽车的噪声，仿佛有人故意散播的谣言，绕过 A 区域，消失又出现。只隔一层膜，我却感觉那声音太遥远，忍不住想哭。小腹痛如刀割。我用力握住混凝土碎片。远处，蔷薇公寓、旅馆、教堂、大楼一如既往地平静，而我不知道分娩能否成功。

水中的歌利亚

淫雨不断，西瓜索然无味。夏天嘛，这也正常。以前也有过这样的日子。有时坚硬的地球在太阳下慢慢变软，像熟透的甜柿子失去了糖分；有时形成于远方的气流来到这里，影响了我；还有下雨，经常下雨，总是下雨的日子。换而言之，也是世界渐趋无聊的日子。

父亲去世不久，雨季就来了。村中路断，学校放假。很长时间我就待在家里看大树。那是委身于台风、不停摇晃的古树。即使在白天，大树也投下黑色的阴影，站在那里犹如异国的神，伸出许多条胳膊，双眼紧闭——时而朝左躺卧，时而转向右侧，如此反复。每当有风吹来，它的叶子就唰唰移动，像躲避捕食者的鱼群。一千片叶子有一千个方向。一千个方向有着相同的意志。生存，以树的名义繁殖，以树的名义死去。尽管不知道怎样死去才算大树应有的生活，然而这无疑是长久以来镌刻于物种内部的东西。整个雨季，古树扭动身体。不知道这动作是被牵引，还是支撑下去的努力。仿佛有根的生物理应如此，在顺应和抵抗之间微妙地起舞。恐怕百年以前就这样耸立。这让我满意。隔着落灰的玻璃，被删除了声音的风景静得出奇，而且怎么看也看不厌。

母亲担心父亲的坟墓。看完新闻，她到处打电话，好像还想找人去祖坟。可是外面几乎没有人。村里的男人在激流中消失之后，更是如此。妻子寻找男人的哀鸣被雨声淹没，传不出去。有人说这是幸运。人们说这是五十年不遇的暴雨。

淫雨连绵的几天也是我生命中最黑暗的时期之一。不是心情黯淡，而是因为家里停电。这地方像农村，天黑得很早。只不过名叫大安都市罢了。很久以前，离开首都的人们在旷野上安营扎寨，所以这也不足为怪。即便是供电正常的日子，只要太阳落山，村庄也会立刻沉入黑暗。那是仅凭几缕光线驱赶不走的悠久而原始的黑暗，也是我们束手无策的黑暗。人们常常被自己的心跳迷惑，梦见自己脱鞋上路，或者克制不住莫名的焦躁，脱掉衣服，爬上妻子的身体。我不确定，只是觉得应该这样。我们紧抓着绳子徘徊的时候，绳子的尽头却盘踞着不停眨着细长眼睛的原始人。他们总在注视我们。而且阴雨季节的体味更浓。夏天让我们想起自己散发着什么样的气味。地上有呼吸的物种和没有生命的物种,所有的体味掀起水雾,犹如幽灵般醒来。暴雨中,事物变得模糊。越是这样,越焕发出奇异的生机。

周围安静得令人毛骨悚然。偶尔有狗吠声,汪汪——余响更加突显出原野上的寂静。人们没有动静,不知道他们都在想什么。也许自己想办法躲避,也许像我们这样待在家里一动不动。要么就是全部,死了……村里空荡荡的。整个社区被指定为拆迁区域之后,人们陆续离开了。有段时间外地人频繁出入。数钱的人、挂横幅的人、拿相机的人、祈祷的人,还有举着盾牌的人。各种话语相互交流,也发生了很多事情。常常有成年人在路边哭泣。老百姓家的大门上相继出现了类似于大卫之星的 ×。然而不同于《圣经》里的故事,那不是拯救我们的标识。我们都知道。

父母搬到江山公寓是在二十多年前。别看现在又老又旧,被视为丑八怪,当时却是说到“公寓”便什么都好的年代。人人都想住公寓。至于建筑是否美丽以及建筑物的历史,这些都无关紧要。重要的是公寓具备的上升形象、功能和潮流。我们知道的大部分“混得不错”的人们都住公寓。父母当然希望自己也属于这里。江山公寓是“ㄱ”字形的四层建筑，总共能住 16 户人家。我们住的是三层最尽头的房子。建筑物阴森森地矗立在市郊，建在矮山半山腰，可以俯视下面的村庄。当时正值国土开发热潮，公寓建得飞快，人们都以为公寓本来就是这样。没有学问，一无所有，仅凭焊接技术赚钱的父亲能入住这里，感觉非常自豪。畸形的外观和窄小的面积都无所谓，反正住在这里的时候父亲非常舒心。

现在几乎没有人住在江山公寓了。自从用红色油漆涂满大“×”之后，人们都消失了。坚决拒绝搬家的几户邻居，断电之后也只好卷铺盖走人。现在，留在这里的只有两个人：母亲和我。没有人住的建筑飞快地荒废。我们惊讶地注视着坚固的混凝土墙壁像熟透的水果一样腐烂。走廊里堆放着垃圾和建筑材料。雨水频频涌进空房子破碎的玻璃窗。公寓已经千疮百孔，张着黑色的大嘴，周围萦绕着潮湿而阴冷的气息。每到夜晚，高耸在山腰的拆迁公寓的轮廓依稀呈现。周围漆黑，照亮四周的地方只有一处，那就是我们家。那是手电筒或蜡烛勉强发出的光芒，岌岌可危。远处偶尔传来狗吠声。被人遗弃的宠物狗关在房间里，饿得直哭。我找过几次，试图放它出来，可是没有用。因为叫声的发源地时时刻刻都在变化。一次是地下，一次是二楼，有时又是隔壁。毫无头绪，阴冷恐怖……那几天，我和母亲不得不忍受着弃犬慢慢死去的声音。每天早晨，这声音随着空荡荡的建筑物内脏深处呜咽的风传来。有一天，当声音停止的时候，我们知道一切都结束了。

母亲和我在墙壁出现裂缝的卫生间里大小便，在断了天然气的厨房里吃饭，在风扇停转的房间里睡觉。我们知道，我们不可能永远留在这里。江山公寓正在缓慢地自我坍塌，正在自杀。即便如此，我们也只能苦苦支撑。我们无处可去。我们处于丧期。父母还清银行房贷的时候，我们接到了拆迁通知。历经二十年，我们终于成为这房子真正的主人，突然有人站出来，声称自己是新主人。补偿金少得可怜，走到哪儿都不够买房子。跟着村里的大人们，父亲不安地参加各种会议。当太阳升起，他又要满脸歉意地赶到新城市的施工现场去盖楼。他蹲在施工现场的角落里，焊钢筋，接管子。某一天，突然有陌生人找来说父亲去世了。父亲爬到 40 米高的龙门吊上失足坠落，我们不知道是否属实。

父亲去世不久，村里开始下雨。嘟——第一滴雨点落在额头上的时候，人们齐刷刷地仰望天空，然后又不约而同地做出同样的表情。

“谢天谢地。”

人们正被持续几个月的暴热和干旱折磨得疲惫不堪。农田里尘土飞扬，地面都裂开了缝隙。原野上的草木也不遗余力地对抗饥渴。本来就已经人心惶惶了，面对杀人般的炎热，人们都流露出愤怒的神色。可是那天，碎积云拖着沉重的躯体从远处缓缓靠近。随着乌云的移动，巨大的影子笼罩了村庄上空。我静静地把手伸向黑暗的虚空。滴答——手心感觉很凉爽。随后是第三滴、第四滴雨点打湿了脸颊，唰唰……大雨倾盆。这是开始。

每天都下雨。虽说是全国范围内的降雨，不过其他地方的情况我不得而知。我安下心来。路断了，很长时间内应该不会有劳务公司的人进进出出，公寓里令人窒息的热气也会大大消减。我没想到的是，谁都不能来找我们，同时意味着我们自己也寸步难行。电断了，电视和电话没有信号，上网和手机充电也不可能了。我们无法了解外界的消息。我们只能等待，等待雨季结束，等待救助队在发生糟糕的事情之前赶到。我相信，世界上至少有一两个人还记得这座即将拆迁的公寓里还住着人。当初大动干戈地驱赶我们，怎么可能忘记呢？

母亲往浴缸里放满水。随时都有可能停水。雨下个不停，大部分可以盛装液体的容器都接满了水。大橡胶盆自不必说，洗脸盆、水壶、水桶，还有各种颜色、各种形态的玻璃杯……甚至家里所有的袋子都用来装水了。去年腌泡菜剩下的蓝色塑料袋、用来保存食物的保鲜袋、橱柜抽屉里大大小小的袋子也都派上了用场。接备用水的时候，我心里疑惑，有必要这样吗？难得看到母亲如此专注地做什么事，我也不得不帮忙。我不够体贴，也不会撒娇，我能做的也只有这件事了。装满水的袋子密封成圆形，保存在父亲的房间里。大容器放在地上，小容器放到书架和书桌上面，加起来数量惊人。透明的袋子熠熠发光，像梦想孵化的外星蛋，又像贴在动物内脏上的水泡或肿瘤。父亲不在的房间里堆满了水袋子，里面偶尔会静静地冒出气泡。

故人的房间里放着炕桌和旧录像机、各种各样的运动器材。每个家庭都能看到的杂乱房间。能让房间显得特别的只有书桌上的银色奖杯。那是十几年前，父亲在公司内部运动会上打羽毛球赢得的奖品。虽然是银奖，却是他平生唯一的奖品。祝贺获奖的老套语句上站着伸展双臂的胜利女神。胜利女神的脸上透出几分憔悴，镀金的乳房上面蒙了灰尘。父亲生前喜欢运动，有空就教我，甚至还在半夜把我叫醒，要教我游泳。那也是那年夏天我得到的九岁生日礼物。当时正好有流星雨，父亲带我去了河边。直到揉着惺忪的睡眼走到河堤，我还全然不知道会发生什么事。

听说父亲临死前还在练习体操。很多像父亲这样为了拿到拖欠工资而参加示威的人们轮流爬上龙门吊，公司方面切断电源，夜里非常黑暗。随时都有可能强制镇压，所以不得不小睡片刻。午夜过后，体温急速下降，很自然地就会睁开眼睛。即使在初夏时节，站在开阔的龙门吊上面，风还是很冷。所以只能做徒手体操，直到天亮身体变暖。小心翼翼，生怕踩空。渴了就喝点儿从工厂卫生间打来的水。他不是领头人物，也不是主要干部，但是为了家人，不得不这样……别的就不知道了。只是想到在高空吊车上一二、一二地做伸展跳的父亲，想到做腹背运动、划桨动作、兔子跳的父亲，直到现在我依然心痛。

世界充塞着雨声。每滴雨点都有着适合自己性情的缓急和节奏。听得久了，也感觉像是噪声。大自然就在身边流淌、蜿蜒、蔓延、漫溢，像野兽般号叫。声音单调而压抑。大自然毫不犹豫，没有怀疑，也从不反省。犹如不能追究任何责任的庞大的禁治产者。像这样下雨的日子，几乎没什么事做。电视和收音机用不了，蜡烛要尽量节省。我要么看窗外，要么沉思，消磨着时间。有时躺在湿漉漉的地板上，描绘着扩散到地球皮肤上的无数同心圆的图案。圆中的圆中的圆……很久以前，比这更久以前，以和现在相同的形状落下的圆；允许我们的受动性，命令我们的被动性，在我们的主语之上掀起美丽波纹的圆；非常吵闹的圆。描画着雨点弥漫开去的样子，奇怪的是，我内心的某种东西也随之翻滚，感觉好像可以理解世界了。然而我只是个懦弱的青春期少年，甚至不知道现在应该理解什么、怎样行动。父亲的坟上刚刚植了草皮，这时应该也有同心圆在静静地扩散。只要还没被冲下去，肯定会的。

几天后，洗脸池放不出水了。马桶和洗碗池也不例外。不知道是拆迁方的决定，还是因为水灾。短期内还可以使用事先接好的水，更让人担忧的是停雨之后的事。每天只刷一次牙，撒尿去外面。大便比较麻烦。办法倒是也有几个。可以到公寓内的空房子里解决；也可以拉到提桶里，扔到半空；还可以接雨水冲洗马桶……无论什么办法，问题在于高湿环境里要命的臭味。小便撒在阳台上，大便用桶里接的雨水解决。一次不可能提太多雨水，只好经常上到楼顶。看到马桶里荡着旋涡从洞口消失的污物，就能清楚地勾画出被水淹的城市有多么肮脏和恶心。那是人类从地上取得的东西和排泄到地下的东西交汇的地方；动物的尸体和人的尸体，甚至连沉睡的亡者的魂魄也摇摆着混杂的地方。这样的地方，谁都不想陷入，也不想进来。

好多天没看新闻了。不知从什么时候开始，新闻变得无所谓了，我开始想念音乐。除了我和母亲的声音，希望身边还能有其他人制造的声音。可是，包围着我们的只有雨声。无论昨天还是前天，无论休息的时候还是睡觉的时候，这是我们听到的全部声音。以前也有过这样的日子。下雨，经常下雨，总是下雨的日子。电视里重复着灾民的身影和救助场面，已经没有什么新意的日子。但是像现在这样，雨持续这么久，还从未有过。母亲也说活了这么多年，这样的雨还是第一次遇到，说不定地球得了精神病。雨下了半个多月。不知不觉间，公寓一层已经被水淹没。说不定二层、三层也灌满雨水了。高地带建筑尚且如此，村里的情况恐怕更糟糕。村子靠近沿长河砌成的堤坝。那次父亲把我叫醒，带我去的就是这条河边。包围着河水的堤坝年久失修，每到雨季就出问题。报纸上报道过几次，市民团体也抗议过，情况还是不见好转。这次肯定还会出问题。

日复一日，从早到晚，每一天都没有变化。孤立在一个地方太久，对日期的感觉似乎也变得迟钝了。不论白天黑夜，世界都是黑暗。我不记得上次看见太阳是什么时候了。母亲担心父亲的坟墓。她也知道，我们什么都做不了。与外界断绝联系之后，母亲每天凝视远山。仿佛这样对亡者有什么帮助，她始终凝视被水雾包围的山脚。不知从什么时候开始，她不再说起父亲的话题。

做饭的时候，母亲撕破一个小塑料袋，冲泡米粉。如果用剪刀剪开袋子边缘，再往大碗里倒水更方便，我劝过母亲几次。母亲却瞒着我，神不知鬼不觉地把碗洗干净。我不知道米粉她是吃掉，还是扔了。母亲对饮食的管理相当严格。因为她早就患有糖尿病，需要调节血糖。母亲不能多吃，也不能少吃。她只能适量地吃。可是“适量”并非那么容易就能做到。最重要的是不能经常饿肚子。我希望母亲能支撑一段时间。等雨停了，可以去医院，也可以去市场。从来没听说哪里连续下雨超过一个月。家里的食物并不充足，不过有豚鱼脯和章鱼脯。父亲喜欢，所以买了很多。去年存下的花生和红薯可以填饱肚子。米缸也满满的，只是便携式燃气灶的燃气早就用完了，做饭就成了难题。我把紫菜或花生盛在盘子里端给母亲，母亲总是默默地交给我空盘子。问她吃过没有，她也只是眼神空洞地点头。看到她难过的样子，我知道她不好意思自己吃。这对母亲是侮辱。频繁想起，又频繁忘记的一件事，我们还处于丧期，这使得我们的种种欲望都遭到了抑制。尽管这样，我还是吃了，而且非常认真、无声无息地吃。有时抓起一把生米大嚼，有时一口气吃光一盘变酸的泡菜，有时舀起白糖塞进嘴里。

说不定母亲也像我这样。冰箱里的年糕和鱼早就腐烂了。米缸里生了虫子。家里渐渐地散发出难闻的气味。很长时间我都以为这是食物的味道。

母亲沉默不语。她说话越来越少，经常是一天也不说一句话。她从来不说“吃饭了吗”或“有换洗的衣服吗”这类监护人特有的话。既然什么也不做，为什么要接那么多备用水，我无法理解。母亲偶尔会问:“我身上有没有怪味？”我说没有，也许是因为房间里有霉味吧。连续几天，天空都布满又厚又大的乌云。偶尔，我会想象我们一家人因为缺少阳光照射而患佝偻病死去的情景：手脚像藤蔓植物一样伸长，沿着壁面无限攀缘；母亲的茎和我的叶子把整个房子覆盖成绿色；人们会说，很久很久以前这里住着一对母子，有一天他们在暴雨中消失，谁都不知道他们的踪迹……我沉浸于不祥的想象，不知道母亲在做什么。卧室门关着，母亲很少出来。母亲有点儿奇怪。有时像是陷入莫名的恐惧，有时又久久地发呆，显得有气无力。难道是胰岛素不够了？可抽屉里还保存着从医院开回来的药。据我所知是这样。我有点儿孤独。前不久刚刚失去父亲，现在不会连母亲也要失去吧？这想法让我焦虑。这种时候真希望自己有兄弟姐妹。如果有他们，像现在这样黑暗的日子，全体子女可以聚在一起商量。有人在所有的方面都比我出色。埋葬父亲，安慰母亲，换灯泡，处理杂乱的告知书，等等。甚至，他们可能比我更爱哭。

天气无法预测。雨点儿刚刚变小，不一会儿又开始打雷。乌云淡了，转眼又刮起暴风。大自然极不自然地呼唤自然，似乎让人们不要试图预测。不要预告，不要准备，也不要解释，老老实实地趴下。粗鲁地警告人们，像你们祖先那样。备用水渐渐少了。食物也少了。母亲不停地冒冷汗。雨持续了一个多月。有时雨点细小而稀疏，有时像群殴似的狠狠倾泻，有时又像粉末纷纷扬扬，不过的确是一天也没停。风雨肆虐的时候，被困在父亲房间里的水瑟瑟发抖。同心圆在水面轻轻绽放。也许是房子在摇晃。偶尔我会被水哭泣的声音惊醒，那声音就像没有音程的歌声，像迷路的电波，嗡嗡嗡嗡。深夜听到奇怪的动静，我起床去父亲的房间。穿着内裤，手里拿着蜡烛。我蹲在几十个玻璃杯前，久久地注视着玻璃杯里的水。我想看水面上的波纹。水因恐惧而沉默。越是这样，我越是死死地盯着杯子。像是在翘首等待不祥的征兆，又像是因为没有发生坏事而失望。烛光闪烁，分辨不清水里的震颤。可是快要睡着的时候，我总感觉房子在摇晃。睡着睡着，我猛然起身，去了父亲的房间。我把手指长长地伸出去，按了按袋子，像刺杀生病的野兽。嗖——袋子在我的按压下凹陷，终于又鼓起。感觉有点儿奇怪，我猛然转头。母亲正在看我。她穿着睡衣，直挺挺什么也不说……如果有人看到这样的光景，肯定会说我们全家都疯了。

淫雨终于达到了高潮。那是个电闪雷鸣的黑夜。狂风肆虐，吹得玄关门咣当咣当地摇晃。我们早早上床睡觉，努力给自己暗示，明天一切都会好的，人类从未战胜自然，也从未向大自然屈服。可是那天，母亲突然来到我的房间，穿着睡衣，手里拿着蜡烛。母亲的脸在烛光之中忽隐忽现，略显狰狞。雨点敲打玻璃窗，声音凶猛。母亲站在门槛上，淡淡地问，你害怕吗？我懵懂地望着母亲。母亲很久没说话了。我急忙坐起身来，母亲不安地反复强调，我担心你会害怕，觉得你可能害怕，所以过来看看。我不知道该说什么，迟疑了一会儿才说，没事的，您回去睡吧。母亲的神色之中夹杂着羞耻和失望，真的吗，真的不怕吗？是的，我再次回答。母亲的脸突然扭曲，尖声叫道：

“你父亲不是死了吗！”

……有多久了？从母亲失踪之后，从她扔掉手里的蜡烛跑出去之后。她的脚步敏捷而无所顾忌。眨眼间，母亲又出现在我面前，手里拿着刀。我突然很害怕，万一母亲自残怎么办？与此同时，她会伤害我的念头迅速掠过心头。那么……那么我该怎么办？逃跑？抛下母亲一个人？黑黢黢的阴影从地上升起。心里七上八下，我还是目不转睛地盯着母亲，镇静地扶起蜡烛。黑暗深处传来了水在剧烈颤抖的声音。盛在锅和杯子里的水似乎也预感到了什么，齐齐摇晃。母亲气喘吁吁地盯着我，然后呼——地跑进父亲的房间。从这边透出的烛光隐隐照着母亲。呆呆站在门口的背影显得岌岌可危。母亲猛地抬起双手，朝着小腹用力刺了下去。我来不及做出反应，事情发生在转瞬之间。啊——我厉声尖叫。母亲并没有伤害自己的身体，被她刺中的是盛水的塑料袋。塑料袋破裂，水哗啦啦流出。母亲反复扎了好几次，好像在无情地杀害某个人。母亲又不顾一切地攻击其他袋子。几十个袋子齐刷刷地吐水。水哗哗爬向客厅，爬向厨房，很快就会漫延到所有的房间。漆黑之中的水光黑暗而黏稠。我不知道该怎么办，迟疑着后退。母亲依然疯狂地刺破房间里的水袋。不知道哪来这么大的力气。突然，我感觉有黏稠的液体碰到了我的脚。那是不同于自来水的物质，犹如线团般慢慢扩散。是血。可能是母亲过分激动，踩到了放在地上的玻璃杯。我这才明白自己该做什么。不能再迟疑了。我使出浑身的力气，飞扑过去抱住母亲。虽然还没长大成人，可是我的力气足以制服一个女人。我用力抓住母亲的手腕。母亲吓了一跳，试图挣脱。她不肯放下手里的刀。过了一会儿，母亲大概没了力气，一屁股坐在地上，张开嘴巴放声痛哭。哭声悠长而高亢。我一直从后面抱着母亲。母亲在挣扎，似乎想放出身体里的水。房间里的袋子失去弹性，渐渐地瘪了下去。母亲终于止住哭声的时候——取而代之的是莫名其妙的寂静。这时，刚才遗忘的雨声再度传来。声音很大，如果凌晨突然停止的话，恐怕人们会被寂静吓得瞪大眼睛。我们仔细倾听雨声。突然，我听见了母亲吐出的均匀的呼吸声，像刚刚入睡的孩子，疲惫而甜蜜。

早晨被尿憋醒，我去了阳台。褪下内裤，下身伸入栏杆缝隙，突然感觉有点儿不对劲。长期以来深入骨髓的感觉似乎动摇了。我抬起头,环顾四周,看见泥水在水雾笼罩的茫茫大气中翻滚。我揉了揉眼睛，紧蹙眉头，再次确认眼前的状况。

“……”

啪嗒啪嗒，尿液滴落在脚背。村庄不见了。那一刻，我思绪万千。堤坝倒塌了吗？水量太大，不像单纯的雨水，不是吗？要么就是雨水积了一个月，我却浑然不觉？也许因为是雨季，我错以为自己看到的是同样的风景。雨水漫到我们家楼下，正在我脚下荡漾，仿佛要吞噬整栋公寓。我匆匆跑回家。

“妈妈！”

卧室里没有动静。

“妈妈？”

我连忙看了看卫生间，然后去了父亲的房间。谢天谢地，母亲在那里睡得很香。地板上的水还没有干，湿漉漉的，尚未收拾的袋子凌乱地散落在周围。我摇晃母亲。

“妈妈！醒醒吧，嗯？”

母亲一动不动。我更用力地摇晃母亲。

“不好！”

母亲依然闭着眼睛，神情也没有变化。我的心猛地一沉。母亲不会是糖尿休克吧？这种病人偶尔会出现幻觉，昨天夜里母亲的举动让我产生了不祥的感觉。我去卧室翻衣柜和文件柜，里面滚落着空药瓶和几个注射器。客厅、卫生间、橱柜的抽屉也翻过了，结果还是一样。家里一粒药、一瓶注射液也没有。脑子里一片空白。我努力调整呼吸，告诉自己，越是这种时候越要冷静。然后，我在脑子里确定当前要做的事情的顺序。首先要去厨房，往碗里倒白糖，弄破一小袋水，连糖搅拌均匀。拿着勺子的手轻轻颤抖。我又跑到父亲的房间，半扶起母亲，将她抱在怀里，用勺子舀起糖水，送入母亲口中。糖水流到母亲的下巴。我连忙伸手擦拭母亲的嘴角。正在这时，我看见一个奇怪的物体。一片一片的章鱼干乱糟糟地扔在地上。我很惊讶，拿起放在母亲床头的方形章鱼干袋子。昨天还有一多半，现在却瘪了。不可能，我这样想着，又觉得也许真是这样。这个想法揪紧了我的心。我缓缓地朝母亲弯下上身，将手指小心翼翼地凑到她的鼻子前。

“……”

我从地上捡起一片鱼干，呆呆地塞进嘴里。颚关节机械地翕动，也只是动了几下。我立刻站了起来，后退着离开母亲身边，嘴里嘎吱嘎吱地嚼着鱼干，流着口水，倒下，站起，再倒下，手忙脚乱。

窗外依然在下雨。吞没村庄的黄泥水汹涌着流走，漂浮着现代社会美丽而致命的垃圾。我觉得自己应该出去,不能留在这里。无论如何，我必须离开。我环顾四周，没看见救助队的船只。刹那间，我从未承认却越来越清晰的想法掠过脑海。

“人们不会把我们忘了吧？”

脊背上冷汗直冒。一只死狗夹在化肥袋和婴儿车之间，露出肚皮漂走了。无数的雨点在水面刻下自己的履历，泰然自若地画着圆圈。我歪着脑袋，竭尽全力地喊道：

“停吧，是的，求求你，停下来吧，停下来，妈的！”

我用胳膊擦了擦眼角。必须尽快离开这里。我打开门，下了楼梯。进入公寓的水已经漫过一层和二层之间的楼梯。船，必须做一艘船。我又跑上楼梯，拿出工具箱，找到需要的材料，焦急地打量四周。最先映入视野的是卫生间的门。那是个空心木门，用手敲打会发出当当的响声。我用锤子和短柄螺丝刀拆除房门。螺丝刀插入合页和门框之间，再用锤子使劲砸了几下，潮湿的门框无力地脱落。我把卫生间的门放到客厅，又以同样的方式拆掉卧室和我房间的门，最后准备拆除父亲房门的时候，我抓着门把手犹豫了许久。过了一会儿，我咽了口唾沫，用力按下门把手。房门发出吱嘎吱嘎的声音，朝内侧滑去。那个瞬间，我的视线转向母亲，尽管我不想看。母亲依然盖着麻布做成的夏被。我久久地注视着绣在粉红色被子上的花纹。奇怪的是，我一点儿也不悲伤，只是有点儿害怕。我为自己竟然害怕母亲而产生了罪恶感。直到这时，我的眼泪才掉落在脚下。感觉浑身的力气都消失了。咚——我扔掉锤子，坐在地上，卷起 T 恤蒙在脸上，哭了起来。

第二天早晨下起了毛毛雨。我探头往下看，“天下肉店”的牌匾穿过楼下的玻璃窗，半插在里面。不能再拖延了。无论如何，我必须出去，到灾害较轻的地方。我喝完宝特瓶里最后剩下的水，用菜刀砍下地板革，然后从父亲房间拿来羽毛球拍。我用地板革盖住球拍，再用绿色胶带缠了一圈又一圈。我打算用球拍做桨，去往有人的地方。问题是母亲。我走之后，如果我们家被水淹没了，那怎么办？这时，我想起昨天看到的狗的尸体。肚皮朝天、四处碰撞、随意漂流的死狗。

我觉得必须带上母亲。

我先用锤子彻底拆除阳台窗户。戴着棉手套，蒙着被子，打碎玻璃窗。两扇木门叠起之后，再用橡胶管和宝特瓶连接。我把船拉到阳台，把晾衣绳拴在拆除了把手的洞里，连接窗框，加以固定。然后我艰难地拉过船来，抛到窗外。

“扑通。”

木船好像沉入水底，继而又浮了上来。我拉紧晾衣绳，尽可能让船体贴近公寓外墙，然后系在窗框上。

母亲躺着不动。粉红色的被子也保持原样。我知道现在不能像昨天那样久久地注视花纹。我毫不犹豫地找来家里所有的胶带，绑起母亲。绿色和褐色的透明胶带。我像打包行李似的紧紧捆起被子里的腿，缠住臀部，裹住胳膊、腹部和胸部。正要往头上缠胶带的瞬间，我想我应该最后看一眼母亲的脸。最后，我还是觉得不要这样。我并不是不想念母亲，更多的却是恐惧。最重要的是，我不想像昨天那样哭泣。我在蒙着母亲脸庞的被子上缠了更多的胶带，比别的地方更仔细。

连拖带拉地挪过母亲，我喘了一口气，抬头看着天空。幸好雨小了。深呼吸,然后举起母亲,放到固定于阳台窗外的船上。要轻轻地放,像羽毛一样轻。当我用力的时候，小腿突然抽筋，我失去重心，松开了母亲。咣当——木门做成的船载着母亲，左右摇摆。

“不行。”

我使劲去拉拴在窗框上的晾衣绳。幸好母亲歪歪扭扭地落到了门上。拉绳子太过用力，手心出血了。我看了看手心，也不知道跟谁嘀咕了一句“谢谢”。

我想，首先要离开村庄。沿着激流前行，半天，最多一两天就能到达安全地带。可是，任凭我拼命摆动羽毛球拍做成的船桨，还是不见城市的痕迹。世界完全被水淹没了。仿佛北极冰川融化，迅速消失。船好像朝着涨水的地方行驶。偶尔探出头去，可以看见高楼大厦和教堂的尖塔，然而就在某个瞬间，这些也不见了。四处都是汪洋大海。倒是经常有大型起重机出没。沉在水中很难判断尺寸，只是通过横向延伸的钢筋长度判断，大部分都是歌利亚龙门吊。它们参差不齐地镶嵌在水里的各个地方，伸展四肢，像地球上唯一幸存的生物，阴森森地矗立在水雾之间。大部分都有一条长臂，看上去就像偏向一侧的十字架。远处，甚至更遥远的水平线那头，也露出龙门吊狼狈的轮廓。世界像个巨大的水中坟墓。龙门吊频繁出现，我甚至怀疑世界上怎么会有这么多龙门吊。那时我才明白，全国都在大兴土木。父亲也做了几十年的焊接工作，借以维持生活，自然也是在施工现场迎来了死亡……看到失足而死的父亲湿漉漉的尸体，母亲吃惊不已。像被水枪射中了似的，从头到脚都湿了。母亲在了解真正的死因之前不想离开村庄。相关人员把握着真相的手藏到背后，伸出另一只手，尴尬地寻求握手。母亲没有回应。为此付出的代价不是离开公寓，而是离开世界。船出乎意料地不听使唤。遇到小小的波浪或障碍物，就像要翻船似的摇晃。也难怪，毕竟是捆绑杂物做成的船。我不知道我们在什么地方。也不知道这么多的雨水要流向哪里。究竟发生了什么事？从家里出来之后，我没看到一架直升机，也没看见一个人。这样走下去，说不定我会感冒。不知道船能支撑到什么时候。我急切盼望天黑之前得到救援。

下午，风更猛烈了。我紧贴在母亲身边。稍一摇晃，船身倾斜，我们就坐不稳，也站不稳。雨水落在母亲尸体上，发出啪嗒啪嗒的声音。我为出发之前没把母亲捆在门上加以固定而悔恨不已。我以为只要离开公寓，很快就会有人发现我们，没想到外面的状况更凄惨。只想着很快就能得到救援，一点儿吃的都没带。出门不久，肚子就饿了，可是无从寻找食物。口渴了，我就张开嘴巴喝雨水。想到泡在水里的猪和污物，我根本不想喝泥水。突然，我想起贴在冰箱上的中国饭店的优惠券。再收集一张贴画，就能免费吃到一份糖醋肉了，好可惜。

太阳落山的时候，我的体力已经耗尽。肋下夹着羽毛球拍，身体交给波涛。周围暗了下来，恐惧扑面而来。伸手不见五指，我无法保护这艘船，也无法保护母亲，甚至连保护自己的信心都没有。赶在天黑之前，我必须采取措施。肚子里不断传来咕噜声。看不到底的饥饿逐渐扩大地盘，撕咬我的身体。我抓过浮在水面的10升垃圾袋，翻了起来。袋子表面印着“Y区政府”的字样。这儿怎么也不可能称为Y市。叠成团的婴儿纸尿裤和卫生巾在袋子里散发着腐烂气味。我继续寻找食物。过了一会儿，我看见一个像球的圆形物体从远处快速漂来。仔细一看，竟然是真空塑料包装的花生零食。我的意识变得出奇地清晰，迸发出莫名的斗志。想到零食表面与花生混合的黏糊糊的糖稀，我情不自禁地流下了口水。不过，我静静地再看，朝我漂来的不仅是零食，还有个黑色的物体从更远的地方流向这边。起先不知道是什么，仔细一看，原来是一棵非常庞大的树。我认识这棵树。我出生之前就在我家门前，我不可能不知道。岌岌可危地摇摆了很久，看来没能战胜暴雨，终究还是倒下了。树枝吸了很多水，胀得鼓鼓的。断裂的树干和白花花的裸露的树根凄惨而凌乱。我静静地注视着大树在激流中漂走，然后收回视线。其实，树木之类的东西根本不重要。当务之急是粮食。我一手抓着船角，另一只手伸向零食。明明触手可及，却怎么也碰不到，我心急如焚。我最大限度地伸展手指关节，缩短自己和零食之间的距离。

“再用力……再近点儿……”

几番努力之后，终于快要碰到花生零食了，咚——的一声，船像断裂似的剧烈摇晃。我急忙抓住木板，趴在上面。黄泥水重重地倾泻到头顶。我一动不动，等待船身恢复平衡。差点儿就沉下去了，我不由得轻轻叹了口气。调整呼吸，环顾四周，可是……母亲的尸体不见了。刹那间，我的脑子里嗡嗡作响，感觉浑身发热，热气似乎很快又蒸发了。好像哪里传来了耳鸣声。我慌里慌张地环顾四周，敞开下身渐渐远去的大树进入视野。母亲牢牢地挂在纵横交错的树根间。我差点儿哭出声来，可是首先要救母亲。我放开船，使出浑身力气游泳。按照很久以前父亲教我的方式，双脚拨水，挥舞双臂，调整呼吸，奋力向前。“对，就是这样。”我仿佛听见父亲的声音。泥水持续进入眼睛和嘴巴。呼吸变得急促，眼睛看不见前方。尽管这样，我也没有放弃，继续寻找母亲。想到错过此刻，我就永远见不到母亲了，不由得心痛欲裂。大树时而靠近，时而后退，再靠近，最后迅速远离我身边。我放声痛哭，喊着“妈妈！妈妈！”眼泪扑簌簌地流到红通通的脸颊上。母亲像广告气球似的沿着水波流向远方。我感觉一张缠满绿色胶带的脸久久地注视着我。大树似乎让我不用担心,化作多臂的神灵,用树根托起母亲,消失在尽头。

天色已晚，迎接我的是可怕的黑暗。我看了看四周，陷入恐惧。眼前什么都看不见，甚至看不见自己的手和脚。嗡嗡嗡嗡——四周响起风声和水声。那些终于明白发生了什么事的灵魂，像海洋怪物似的摆着长长的尾巴，在水下游泳。我抓着龙门吊的底盘，像知了似的挂在上面。我想爬上去休息，却已错过时机，而且太高了，我不敢上去。要是脚底发滑，也许会被吸入地下世界。黑暗中传来强有力的水声，彻底撕碎了寂静。那是不会怀疑也不懂反省的庞大的禁治产者发出的咆哮。我喊了几声“救命！”尖叫声却虚无地飘散了，没有到达任何地方。我犹如宇宙的孤儿，独自被抛弃在黑暗之中。感觉自己不是漂浮在沉没的村庄之上，而是在太平洋中央。我突然觉得，尽管母亲已死,然而和她在一起的时候,我并不孤独。鞋很碍事,早就被我扔掉了。在水里时间久了，下身变得硬邦邦的。额头滚烫。手上长出奇怪的水泡。这样下去，恐怕不等饿死，我早就死于低体温症了。偶尔，我会冒出冲动，真想放开手，沉下去算了。与其一个人留在世上，还不如死了更好。方法很简单，只要手上不用力就行。这样想着，我的手却紧紧抓住钢筋。到了凌晨，双手没了力气，竟然抽筋了。我把头埋在龙门吊柱子上啜泣。为什么要把我留下,为什么只让我一个人活下来?这不是方舟，而是刑具。拜托，停止吧……

第二天，我依然在翻滚的黄泥水里。我抓住从身边漂过的泡沫板，艰难地躺在上面。我决定继续往前走。再走不久，也许真的会有村庄出现。航海途中，困意始终伴随。饥饿感也汹涌而来。我想找个避雨的地方，填饱肚子，然后睡上一大觉，或者先美美地睡个觉，再解决吃饭问题。我想吃点儿热乎乎的饭菜。长时间暴露在雨中，身体已经冷到极点。我想用热汤暖暖胃，尽情睡觉。我想吃凉爽的食物。既然这样，那就吃点儿甜而爽口的东西。柿饼汁、红豆刨冰和可乐之类一饮而尽，清清爽爽地唤醒每个细胞。我想吃辣食。加入猪肉的泡菜汤或者炒鱿鱼、红焖鸡，我想满头大汗地缓解疲惫和紧张。我想吃咸的、酸的、腥的、香的食物。现在，我又想“随便吃点儿什么”，只要能填饱肚子就好。周围什么都没有，除了歪歪扭扭地张着双臂的歌利亚龙门吊间或出现。生了红锈的钢筋周围弥漫着水雾，像是神灵的哈气。我知道自己已经到了极限。我害怕黑夜再度来临。我不想再次经历那样的黑暗。天空对少年的不幸置若罔闻，依然以盲文和地面笔谈，笃笃——斯文而悠闲。大自然在窃窃私语。神灵偶尔也会睡觉，他说这是他做过的最可怕的噩梦……我欣喜若狂，插嘴问道，真的吗？真的是这样吗？这一切都是梦吗？然而真正进入梦乡的是我本人。我太累了，身体半泡在水里打起了瞌睡。曾经听说军人在行军途中会睡着，看来在水里也有可能。我不知道自己睡了几秒还是几分钟。在梦里，我看见了晴朗的天空。从来没有见过那么蓝的天空。听说蓝色有几百种，我不知道这种蓝叫什么。靛蓝、普鲁士蓝、钴蓝、藏青、海蓝、天蓝……还有什么？我想知道。其实，我在梦里看到的不是任何一种蓝。那是完美的蓝。不知哪里传来回答："是不是佛蓝？"我漫不经心地问："那是什么？"他用柔和的声音回答："古代画家们画的祈祷书的颜色。"我不知道那是什么颜色，但是喜欢他说的"祈祷书的颜色"。我又感到不快，气呼呼地说，祈祷不可能那么蓝，我知道的祈祷具有世上最卑贱的色彩，破旧不堪的肮脏色彩。当我惊讶地醒来的时候，环顾四周，只有阴郁的灰色天空俯视着我。

太阳又西斜了。我胆怯地在四周徘徊，寻找能够停放泡沫板的地方。这回我要找个可以爬上去过夜的构造物。必须坚固地扎根于地下，不能太矮，也不能太高。找了很久，也没有遇到尺寸适当的龙门吊。只有混浊而模糊的水平线无尽地延伸。我开始不安。昨天贴在龙门吊下面让我觉得凄惨，现在连这样的地方都找不到了。沿着水波漂流而下，终于发现一台高度适中的龙门吊。可是不知为什么，感觉它和别的龙门吊不同。外形一模一样，好像加了某种其他龙门吊没有的东西。我眯起眼睛凝视那个地方。上面……坐着一个人。那个人酷似我的父亲。弯曲的肩膀、矮小的身材，淡灰色的工装夹克也相似。我摇了摇头，重新往那个地方看去。或许是因为太饿，看花了眼。随着龙门吊越来越近，人的形象也愈加清晰。那个人突然站起，歪着脑袋，慢慢地转过肩膀。

“怎么回事……？”

我盯着龙门吊，朝那边走去。那个人反复弯腰和扭腰。过了一会儿，我才知道他在做什么。他使劲张开双臂，朝向天空，然后又收回到胸前。他在左右两侧轮流划桨。时而原地蹦跳，时而蹲下，发出咚咚声。我的心里忐忑不安。说不定他是这里唯一的幸存者，因为正在示威而幸存的人，像我这样战胜漫长而讨厌的雨季的人。我径直朝着眼前的龙门吊移动。体力已经耗尽，我还是拼命往前游。我抓住龙门吊柱子，赤脚往梯子上爬。脚下很滑，必须非常小心。衣服湿了，脚步变得沉重。四肢不安地颤抖，心脏剧烈跳动。我很想见他。即使他是鬼，我也不能不见。他背对着我，还没发现我。我想大声叫他，可是发不出声音。走到梯子中间的时候，我突然感觉头晕，脚下踩空。没等我尖叫，身体就朝下倾斜。我急忙伸手抓住梯子，小心翼翼，继续一级一级往上走。手心火辣辣地痛。好久没见到人了，心里敲起了小鼓。他应该比我知道得更多。因为他在高处俯视一切。这是什么地方,发生了什么事,他都会告诉我。也许他还有吃的东西。运气好的话,或许能得到些食物。即便不是这样，那也没关系，只要有人和我在一起就够了。他见到我，恐怕也会欣喜若狂吧。我使出最后的力气往上爬。终于到达龙门吊顶端的时候，当我喘着粗气，兴奋地抬起头的时候，守在那里的只有空荡荡的寂静。

我有气无力地瘫坐在龙门吊地面，失声啜泣。比起他的消失，更让我恐惧和委屈的是我又变成了孤身一人。周围黑了。怎么办，该去哪里？我什么都不知道。也许这就是我的世界尽头。原来是这里，我来到了这里。我瘫倒在铁板上面。刹那间，疲劳感汹涌而来，浑身都融化了。我茫然地躺了很久，一直在思考死亡的问题。我能在这里坚持多久？咽气的时候会是什么感觉？死后我的身体会变成什么样子？被水浸泡过的面孔，人们会认出我吗？在此之前会不会被人发现？千头万绪在脑海里翻滚。脑子里晕乎乎的，好像一次吞下十天的感冒药。嘴里干巴巴的，全身疼痛难忍，像遭到了毒打。我躺成一个“大”字，头扭向旁边，无力地看着自己走过的路。我不知道自己走出多远，也不知道这是什么地方。我知道眼前只有黑暗。尽管这样，我还是想看。不过，我真的看到了一样东西。很奇怪，周围似乎隐隐地亮了，陌生物体的轮廓在闪烁。又是幻觉。一条胳膊放在额头，我无力地笑了。不一会儿，当我再次抬头的时候，那个物体还在原处。像生病的动物的排泄物，黑黝黝，软绵绵。我像半瘫似的，利用双臂艰难地爬向那边，朝着来路不明的物体伸出手。不是排泄物，是纸浆。被水浸湿，失去形体的纸板箱子。我伸出手指，在纸浆中翻找。一个湿漉漉的红色发卡被我翻了出来。我盯着看了一会儿，继续翻找纸浆。出人意料的是，下面竟然有食物。一包方便面和一个 1.5 升的汽水瓶。我摸了摸方便面的包装袋，发出唰唰声，看来是真的。我突然想到，说不定是父亲把我送到这里。我手忙脚乱地拆开塑料袋，把方便面塞进嘴里。太具体、太真实的味道。我打开汽水瓶盖，喝了一口。咕嘟咕嘟，沿着食道流下去的液体凉爽而刺激。我更加疯狂地喝汽水。伴随着小小的烟火在漆黑的嘴巴里绽放的感觉，我轻轻地流下刺鼻的眼泪，仿佛自己在黑暗中咀嚼电灯泡。短暂的瞬间，这种感觉在体内熊熊燃烧，继而消失不见。我突然想起射向父亲护眼镜的焊接火花，以及父亲接触过的火花、灯光，以及试图让我看到其他光芒的心情。很久以前的那天，我和父亲穿着平角短裤，站在江堤上。父亲走在前面，说要教我游泳，当作我的生日礼物。父亲先做示范，然后用很长时间讲解胳膊的角度如何，呼吸如何。我听得稀里糊涂。父亲说，那你随便吧，不过首先要做的是不要怕水。他让我自然而然地感受水的流动。我不怕水，可是无法忍受水进入鼻孔。我也不想让父亲看到我屡次失败的样子。父亲帮我纠正姿势，然后把我带到更深的地方。当我和父亲喋喋不休地争吵的时候，竟然不知不觉地游了起来。那只是像狗刨似的滑稽挣扎，的确是怪异、舒适又神奇的经历。不知从哪里传来父亲的声音："对，就是这样。"不一会儿，父亲看着手表，让我尝试潜水。不过，出水的时候必须看天空。这有什么难的。我怀着盲目的自信，从容入水。只要全身放松，浮在水中就行。夏日的水波凉爽而深邃，柔软而绵烂，迷茫而舒适。感觉像是来到了陌生而又熟悉的地方。世界上所有的噪声都被阻断，这一刻如同短暂的永恒。我潜在水中，直到无法继续坚持。某个瞬间，我终于憋不住气，露出水面。这时，几千颗流星雷阵雨般降落到我的头顶，感觉比在水中更喘不过气来。真的，这是我收到的最精彩的礼物。我喝着汽水，品味着消失不见的火花。我低声自言自语，怎么感觉这里散发着流星雨的气息。

周围渐渐亮了。令人吃惊的是，雨好像停了。我不知道是会继续下雨，还是彻底雨过天晴，就像不知道这个村庄的尽头是什么。好久没看到天上淡黄色的月亮了。一轮半月缓缓地从乌云中探出头来，隐隐约约。看到月亮，我想起了妈妈，被树根拥抱着漂走的妈妈，也想起了她脸上缠满绿色胶带、久久注视我的样子。现在，母亲在哪里?她去了什么地方？希望母亲能够舒舒服服地躺在容易被人发现的地方。湿漉漉的衣服被风吹干，浑身直起鸡皮疙瘩。离开水面，反而比在水中更冷。或许我该做做体操。我要继续等待。眨着被水浸湿的睫毛，我久久地望着形成月晕的夜空，颤抖着铁青的嘴唇，小声嘀咕：

“会有人来的。”

刺骨的寒风吹来，歌利亚剧烈摇摆。

那里是夜，这里有歌

冬夜。月朗星稀的夜，清爽的首尔之夜。风犹豫不决，像担心自己的身体会发出臭味的老人，不由自主地变得软烂，不由自主地发出春天的腥味。距立春还有半个月，城市却像患了感冒，为了应付换季而出现了隐隐的低烧。

“我的座位在哪儿？”

磁带里流出遥远国度的语言。尽管没有人看，龙大还是尴尬地跟着朗读中国语基础会话。

“我的座位……在哪儿？”

冷飕飕的夜晚，似乎只想让知道的人知道，从“立春”标牌上面落下的粒子悄悄混入风中。磁带静悄悄地转动。黑暗的出租车里，计价器和仪表盘闪闪发亮。龙大抓着方向盘的手上渗出汗珠。他从小就经常发烧。这都是因为他的母亲长期在市场里卖狗肉汤的缘故。整个学生阶段，他带的午餐配菜不是甜萝卜或五香豆，而是狗肉。煮狗肉、蒸狗肉、炒狗肉、烤狗肉、不知道怎么做成的狗肉……过生日的时候，只有回头客才能吃到的狗鞭轻巧地盛在他的饭盒里，让他面红耳赤。他的母亲是一位“没什么手艺，却相当自负的餐厅老板”。惊人的是，直到餐厅关门，他的母亲也不曾意识到这个事实。饭店冷冷清清，剩肉堆满冰箱。母亲把部分剩肉做给孩子们吃。当时他处于长身体的阶段，经常感觉饿，当然也没有什么怨言。龙大的脸颊泛着红光，稍微有点儿秃的额头总是流汗。别的家庭成员并非如此，只有龙大是这个样子。他担心自己会被别人当成弱者，或者显得过于猥亵。因此，他养成一个习惯，和别人握手之前总是下意识地在裤子上擦擦手。高中体育课，和女生一起跳民族舞的时候也是这样。拉着女生的手转一圈，同时迅速去擦另一只手。换过手再转一圈之后，又去擦另一只手。看上去他似乎在跳和别人截然不同的舞蹈。那天夜里，龙大在车里没开暖风，当然也是有原因的。

刚才的句子再次从录音机里流出，声音里满含着确信，该知道的人会知道自己说的是什么意思。四种声调在龙大听来就像深夜在山里遇到四条岔路……因为录音环境不好而混着杂音的外国语，犹如从更远地方发出的无线电波，显得颇为急切。公路上，“空车”排成长队。龙大在队伍最后等待客人。前几天他背过一句，“多少钱？”以前学过“我从韩国来”。除此之外，还学过“谢谢”，“对不起，我叫龙大”。“喜欢”“讨厌”“你好”这几句也知道。虽然学得不成系统，也没什么头绪，不过这都是生活中必不可少的用语。龙大利用没有客人的时间听中国语磁带。厌倦了就打开收音机，不耐烦的时候也会连续几天不听。他努力每天至少背会一句话。他并不喜欢学习，只是为了消磨无聊而郁闷的时光，做些自己不喜欢的事，这样似乎也不错。堵在公路上的时候，他的斗志更加强烈。“我早晚会离开这里”，这种暗示让他得到安慰。听说中国是个充满希望的地方。

陌生的语言怎么也说不出口。中国语不像语言，而像唱歌。不仅单词和语法，还要记住句子的语调。妻子鼓励他说，越南语有六种声调。六种也好，四种也好，都同样复杂。他在两年前决定要学中国语，正式学习还不到两个月，而且只是坐在驾驶席上反复听简单的句子。总好过抽时间去辅导班，或者坐在区图书馆不到十分钟就趴在书桌上睡去，而且是穿着画有椰子树的白衬衫，戴着金项链。对龙大来说，休息日弥足珍贵。上了年纪的公司前辈说，做这种工作赚钱，就意味着缩短自己的寿命。尽管如此，他还是每天工作十七个小时。龙大平均每天工作十四小时。星期天主要用来睡觉。妻子劝他，如果没时间学习，可以利用工作时间。轻轻松松，每天只背一句话。妻子说在电视上看到一名修理工用这种方式学会了五种外语。每当说出一句中国语，他混浊而无知的眼里都会闪烁着从未去过的国家的风景，辽阔而历史悠久的大陆、无法相信却又试图相信的谣言遍布的古城。龙大仔细回味自己说过的话。“我”是我，“的”是的，“座位”和“在哪儿”分别是座位和在哪儿的意思，连起来就是“我的座位在哪儿”。

在哪儿，“哪儿”永远都很重要。知道这个答案，才能停下或出发。妻子让他不要忘记“在哪儿”这个单词。这个单词可以带你去想去的地方。至于如何到达，可以由你决定。出人意料的是，很多人都对迷路的异乡人非常亲切。去外地的时候，重要的不是回答，而是有勇气提问。妻子用很简单的韩国语做了解释。每当听妻子说这些，仅仅因为自己听妻子这样说话，他就觉得自己是可以听这些话、有资格听这些话的男人。“这个女人，对我来说有些过了”，就是这种感觉。这个女人相信，只要真心交谈，彼此之间就不可能存在误解。对于沟通的问题，这个女人的自信简直到了纯真的程度。妻子很年轻，工作也出色，就是少了点儿学问。当初，他擦完手上的汗和她握手，那个北方女人像尊重世界上最小部落的礼节似的笑着跟随。那个笑得苍白、死得漆黑的女人。发出“在哪儿”的时候，他想起了那个女人。龙大喜欢妻子试图解释或表达的样子。如果对象是自己，就更喜欢了。总是因为渴望说话而瞪大的眼睛，像地球的轴……朝着对方倾斜十五度的心，尽管自己也会因为坡度而滑倒，然而每当疼的时候，她只是“啊”

地叫一声。她对龙大是真心的。

龙大从小就饱受蔑视。家庭的耻辱，家族的蠢货，被忽视的人，每家每户都有的讨厌鬼。有一次，他听见嫂子大声说他的坏话。那时哥哥的豆腐厂破产了，哥哥失踪，辗转于各个旅馆。嫂子不堪讨债者的折磨，每天到镇上旅馆搜找。不仅是钱的问题，而且孩子爸爸断了联系，嫂子感到孤独，在回家的大巴上呆呆地流泪。后来嫂子求小叔子帮忙，让他和自己一起找。

“你知道小叔子龙大怎么说吗？”

家里的女人们在对面屋里交头接耳的情景展现在眼前。

“他要求嫂子支付油钱，摩托车油钱。”

怎么可以这样对待哥哥的事情，他大哥平时对他多好。嫂子情绪激动。每到节日，这个话题就会反复提及，很多人不以为然，听起来倒是很有趣。男人们品尝着祭祀用酒，充耳不闻。龙大默默无语地撕着鱼干，不知道该做出什么表情，只能嬉皮笑脸。根本不知道这样的表情有多么糟糕。

“我一嫁过来就发现了。我在地里摘辣椒，小叔子在廊台弹吉他。公公也不说什么。”

重要的是，嫂子说得没错。退伍之后，龙大先后做过中餐馆外卖员、理发店助理、酒吧服务员、小区保安。大部分都是哥哥千方百计帮他安排的。龙大哪件工作都没能坚持到底。经常一声不吭地旷工，老板说一句，他反驳十句，然后夺门而去。不识时务地插嘴客人的对话，也是常有的事。每当这时，哥哥都要去找店铺老板、自己的前辈或朋友说情。龙大闯祸后，家人的反应是“早就知道会这样”。后来龙大自己也这么认为了。第一个被龙大介绍为媳妇的女人——虽说是沦落到穷乡僻壤的茶馆服务员，也长得太丑了。最后她带着龙大数额不多的摩托车事故保险金——逃跑的时候，人们依然保留着“不足为奇”的态度。几年前的中秋节，龙大喝醉酒，骑着摩托车去了祖坟，路上失去重心，摔倒在地里的田埂上。那时，亲戚们都在热辣辣的秋阳下俯视龙大。龙大记得他们的面孔。哥哥的困惑，嫂子的轻蔑，侄子的鄙视，其他兄弟姐妹的冷笑，背对阳光看热闹的人们的夺目的蔑视。

七年前，他来到首尔。当时家里正因为母亲住处问题闹得沸沸扬扬。龙大毁掉了一个不动产协议。公司破产，收走了靠种宅边地为生的母亲的房子。本来以为只是做担保，但是不动产中介，也就是龙大的前辈同时把房子卖给两个人，然后就失踪了。房子是龙大和母亲一起居住的地方。那是一栋白色混凝土墙壁流淌着污水、看上去很狼狈的西式房屋，然而对母子二人来说，却是不可或缺的安乐窝。房产证上的房主是活动于大田某地的流氓。每天都有奇怪的男人来家里。他们穿着西装，在龙大家门前搭起平板床，搂着小姐喝酒鬼混。他们肆无忌惮地从母亲的宅边地里摘辣椒和生菜，举止放肆，邻居们看了都觉得难为情。龙大不知如何是好。流氓们的歌声一天比一天高。年近四十，却连张存折都没有的龙大几乎无计可施。这次又要由哥哥出面。最后,龙大离开了家门。沉默寡言的哥哥打着龙大的耳光说：“这个混账，什么都敢做。”那天夜里，受到流氓们俗套而严重威胁的夜里，在朦胧的黎明，龙大悄无声息地离开不祥的狗吠，不住地回头。他的脸看上去比大他十岁的大哥还要苍老。当时他三十七岁，已经过了离家出走的年纪。独自来到首尔的他，习惯于人们的抛弃和失望的他，面对城市的快节奏依然不知所措。不谙世事的老光棍，被目光深邃的朝鲜族女人的亲切彻底迷醉，也就不足为奇了。

姓林,叫明华,来自吉林省延吉市。那是韩国语和朝鲜的朝鲜语,以及朝鲜族的朝鲜语混合使用的城市。明华会说中国语、朝鲜语和韩国语，说得最好的是中国语。多种语言在干涩的风中混杂，在大陆翻滚。有的枯寂，无人使用，如同沙漠里的骨头。她在语言掀起的风尘中长大。有时坚挺，有时摇摆。后来到了韩国，明华认识到自己说出的不是祖先的语言，只是外地人使用的“劳动者的语言”,

也了解到声音和语调唤起的某种气息。明华甚至渐渐领悟了死也无法达到完美的他国语言的质感。这个变化发生在国家越来越富有、个人却越来越贫穷的时代，为了赚钱而偷渡之后。那个春天的夜晚，她乘上走私船，感觉自己的命运被配送到某个地方，感觉自己的体温比世界的体温更高。明华死死地盯着躺在身边的妹妹的脸。不知纯真为何物的纯真，不知青春为何物的青春。明华不知道，其实她也不是很俗气的人。她呆呆地看着丽华的脸。她知道，自己喜欢丽华的脸。并不是所有的朝鲜族都贫穷，有人留学、做生意或贩卖名牌；也有人偷渡、卖器官或者进入婚姻市场。韩国也不例外。明华属于后者。

姐妹俩最先定居在京畿道附近某高尔夫场。明华在高尔夫球场职工食堂里洗碗。使用足以溶化粘在餐盘上的饭粒的烈性洗涤剂，只用清水冲洗两三次，在阴暗的厨房里，从早到晚。明华吃的饭也盛在那些餐盘里。阿姨们开玩笑说，这样的饭，吃上一年会受内伤。她也跟着笑。她身穿橡胶做成的围裙和长靴，清洗韩国人的饭碗。每到夜里，她就和妹妹斜躺在一起，用只有她们能听懂的中国话窃窃私语。她们的声音里混杂着天真和疲劳、隐隐的恐惧和希望。可是有一天，妹妹在工作的时候眼睛里溅了强碱性洗涤剂。不到二十岁的丽华失去了一只眼睛，没有拿到任何补偿就回国了。送妹妹回国欠下的债如数落到明华身上。送走妹妹，明华没回高尔夫场，而是去了首尔。从那之后，她的奔走人生就开始了。桑拿房保洁、足底按摩、保姆、服务员、旅馆保洁……几乎什么事都做过。雇主故作犹豫不决的样子，物色低薪劳动者。明华赚到的钱三分之二都寄回老家，自己则过着勤劳简朴的生活。认识龙大的时候，明华看上去比实际显老。

龙大经常出入城北洞司机餐厅，只为看一眼明华。这家餐厅的烤肉米饭套餐很有名。他每次都吃，后来吃得想吐。即使身在富平或九里，到了吃饭时间，龙大也要开车去城北洞。零钱也要在这里换。吃饭的时候，龙大一直在流汗，很容易引起别人的注意。龙大想跟明华说话，却又找不到托词。有一天，他看见下班后筋疲力尽走在路上的明华，放慢车速，凑到明华身边。“去哪儿？我送你。”明华回绝了几次，可是太累了，最后接受了厚脸皮回头客的好意。

开了五年出租车，龙大对首尔的好饭店熟门熟路。不是那种开始很有名，后来变得浅薄的餐厅，而是看上去简陋不堪、味道却很正宗的小馆子。龙大经常带明华去好吃的饭店。美食的快感令明华兴奋不已。每当吃着美食，“啊”，轻轻惊叹的时候，明华感觉自己埋没多年的人生感觉逐一苏醒了。他们在练歌房喝啤酒，漫步德寿宫，欣赏动作片。偶尔有人听到朝鲜族特有的语气，会瞥他们一眼。明华对龙大很温和。也许是厌倦了孤独的异乡生活，她喜欢和龙大消磨时间。人们对两人的关系议论纷纷。虽然是非法滞留者，可是端庄清秀的女孩和比自己大十几岁的男人厮混，肯定有问题。

一天，龙大问明华想做什么。明华想了想，说想去咖啡厅。

“咖啡厅？”

明华难为情地说，就是这里的年轻人去的那种咖啡厅。龙大这才想起自己从未带她去过这类地方。不是故意，而是不懂。除了普通茶馆或者有吉他手演奏的茶楼，龙大几乎没去过咖啡厅。他像大多数出租车司机那样，经常喝自动售货机的咖啡。龙大再次意识到明华的年轻。三十二岁，虽然身材不是很圆润，脸蛋又透出几分疲惫，但毕竟还是年轻。

圣诞节，龙大和明华去了咖啡厅。年轻人去的地方是什么样子呢？想来想去，感觉弘益大学附近的咖啡厅应该不错。那是地下咖啡厅，淡淡的灯光，墙上挂着大大小小的美术作品。咖啡厅里响着爵士风格的钢琴曲。两人在咖啡厅中间坐下，只剩下这个位置了。龙大紧张地环顾四周。刚进来就腿软，坐下之后更严重了。龙大似乎是这里面年龄最大的顾客。明华的打扮也最朴素，最土气。

“需要点餐吗？”

如果换在平时，龙大可能会一条胳膊搭在沙发上，嬉皮笑脸地说，来一杯冷咖啡，弥沙里[1]风格的。可是，看到丰富的咖啡菜单，龙大慌了神儿，于是点了绿茶。明华点了冰激凌。气氛有点儿尴尬。龙大希望自己口才更好点儿。主导对话的人是明华，平静而温婉，不时流露出像车前草一样翠绿、柔韧的笑容。这一天，龙大得知明华是家里的长女，几乎是独自养活着父母和弟弟妹妹。他也听说了失去一只眼睛的丽华。明华问龙大为什么背井离乡。龙大迟疑片刻，搪塞说我想体验更广阔的世界。店员走过来，递给他们一张纸。

“今天这里搞活动。宾果游戏，知道吧？第一位猜中的客人，我们送上一瓶蒙特斯欧法做礼物。两位要参加吗？”

龙大和明华面面相觑，同时点了点头。他们并不想玩什么宾果游戏，可是不知为什么，感觉必须遵守这里的规则。咖啡厅里气氛很热闹。人们三三两两地围坐在桌子旁，脑袋围成了圆圈。龙大把纸推开，后悔不该来这种乱糟糟的地方。不一会儿，店员洪亮的嗓音响起：

“好，现在我开始说数字，第一个是７！”

人们弯腰去清除数字。周围响起低低的笑声。

“13！”

---

① 位于京畿道加平郡雪岳面的乡镇，聚集了很多特色咖啡厅。

龙大往裤腰上擦了下手心里的汗。

“明华，我知道说这话有点儿早……”

明华瞪大眼睛，望着龙大。龙大想喝绿茶，看看已经喝光，只好作罢。

“25！”

大约喊出了十个数字，龙大一句话也没说。明华在纸上写着只有自己能看懂的字。都是汉字，龙大很想知道内容，但是没问。明华看出了准备求婚的男人的焦急，有礼有节地等待他的决定。龙大对咖啡厅的气氛很不习惯，不知所措。那天，龙大在咖啡厅里成为全世界最老的男人，注视着一个女人。咖啡厅里的人们齐刷刷低头画掉数字的时候，那个瞬间，只有龙大和明华这对情侣挺直后背，凝视彼此的眼睛。

“23！”

龙大终于忍不住开口了：

“如果你愿意，请和我……”

明华充满期待地望着龙大。

“什么？”

“我是说，和我……”

明华咽了口唾沫。龙大终于鼓起勇气，说道：

“离开这儿。”

这不是明华想听到的话，也不是龙大想说的话。

龙大停止听录音，打开收音机。中国语听得厌倦了。喜欢的笑星主持的节目正在播放老歌，崔浩燮的《岁月流逝》。前车开走，龙大悄悄移到那个位置，想起了很久以前从弘益大学去水色洞的客人。

“师傅，能把音量放大点儿吗？”

那天，醉酒的女乘客满脸不悦地自言自语。

“这首歌，我以前的男朋友很喜欢唱。”

“哦，是这样啊。”

一天十四小时，开着出租车遇到形形色色的人，听着各种各样的故事。都是擦肩而过的人，很多对话都毫无意义，偶尔也会有些话留在记忆里。城市各个地方都有很多人，高高举手拦住出租车，留下酒醉之后美丽而扭曲的话语当作车费。有时毫无头绪，荒诞不经；有时大放厥词，莫名其妙。这些话语如同闪闪发光的硬币从口中流出。相比之下，无礼之人更多，然而有些话也打动了龙大的心。龙大当然知道，出租车里的司机和乘客都会说谎。前来接受培训的人们，百分之三十在一个月之内放弃，两个月后有一半以上放弃，六个月之后，就只剩一两个人了。在这样的公司里，连司机和司机之间也会说谎。越是地位卑微的人，越是像气球似的说大话。依赖气球底部浮力的人们轻轻飘浮，看上去很是不安。出租车司机回忆乘客的重要方式是路线，比如“从哪儿到哪儿”，就像修鞋匠和按摩师。这是认识和记忆人们的职业感觉。去一山也好，去蚕室也好，去踏十里也好，人们都尽情地胡说八道。奇怪的是，尽管他们知道很快就会被揭穿，却还是不肯停止。自称安全企划部领导的中年男人，看到前车急刹车，大吼“妈的，停车”，然后大呼小叫要求记下车牌号。当然，龙大一眼就能看出他不可能是安全企划部的领导。自称某银行分行长的男人令人生厌地说：“师傅，开出租车能养家糊口吗？”最后却说钱不够，让龙大留下账号。每天打十几个电话催还欠下的车费，用了两周多的时间。女孩子们的无礼也很常见，接过找回的百元零钱，二话不说咣当关上车门。偶尔也有让他心生好奇的乘客。前不久，有个男人从钟路去芦原。他喝醉了酒，自言自语。妻子买来装满奇怪塑料的陶瓷枕，说对身体好；睡觉的时候沙沙作响；最近总是做乱七八糟的梦；真搞不懂妻子为什么总是买这些东西回来。他不停地重复这句话，直到下车。好像是在大学路做照明工作吧？那个小伙子竟然撒娇说没有车费，可不可以用玩偶代替。那天还有个姑娘要求大声播放《岁月流逝》。龙大听从姑娘的要求，调高了收音机的音量。老歌特有的平淡而悲切的声音充满了出租车，尽管那种痛彻心扉的思念已经随着岁月的流逝而被遗忘。

“啊，真好。”

她打开车窗，闭上眼睛，然后静静地坐着听歌。她的长发随风飘舞。她上身朝着驾驶席倾斜，说道：

“师傅，上次我在出租车里听到一首非常好听的歌曲，很感动。可是没等歌曲结束，我就到家了，不得不下车。好像是古典歌曲吧？我第一次听到，一点儿也不了解，不过还是喜欢。”

龙大通过后视镜看了看女人。

“人真的好神奇，竟然可以创作出这样的歌曲。”

大概有二十五六岁的样子吧？衣服不赶时髦，很端正，脸色黝黑，看得出肝脏不是很好。估计每年会有几次这样酩酊大醉乘出租车的经历。听说话语气像是受过教育的人，却有着多愁善感的性格。那个喜欢唱《岁月流逝》的男人，这个看上去肝脏不好的女人的旧情人，现在还好吗？说不定也坐过自己的出租车呢。龙大担心女人呕吐。三天前有人吐在座椅上，直到现在，味道似乎还没散去。

“我的意思是说，我和那首歌偶遇，又很喜欢它，可是我必须下车，就这样回家了。我连那首歌的题目是什么都永远无法知道了。”

龙大问道：

“那怎么不听完再下车？”

她露出与年龄不符的温和微笑，回答说：

“听到那种感人的音乐，真的很美好，很美好。我永远无法知道那首歌是什么，这件事本身也会让我感到美好。”

“……”

当时没在意，不过龙大偶尔会想起那位姑娘说过的话。不知道什么意思，又似乎可以理解。对于龙大来说，或许明华，只和他生活过很短时间的北方女人，也是一首永远无法知道题目的歌？下车之前没能听完的歌曲，不经常想起却又难以忘记的音乐。明华的离去留下了很多疑问。龙大感到失落，因为她也没能充分理解自己就离开了。

求婚在钟路塔顶的西餐厅进行。那是著名的恋人求婚胜地。龙大也只是路过时看看而已，进去还是第一次。他还是比去艺术咖啡厅的时候从容。看菜单和对待服务员的态度有点儿陌生，然而能带明华来这种地方，龙大显得很激动。他们坐在首尔中央，城市的中心俯视街头，吃着牛排。明华有些不高兴。也许是餐厅工作太辛苦，她脸上的浮肿比以前更严重。龙大吃甜点的时候，明华去卫生间，把吃的东西吐了出去。保留着血气的牛肉和淡淡的油迹漂浮在白色的马桶里。明华回到座位，假装吃饭后甜点。龙大迟疑着递过戒指，然后平平淡淡地说：“和我一起过吧。”明华茫然地望着桌子上的戒指。

没有婚礼，他们只是在区政府盖了个章。司机餐厅的阿姨和 H

运输调度部部长做了他们的证婚人。新婚生活开始之后，龙大和明华每天什么也不做，就在半地下房间里如胶似漆，直到手中的钱全部花光。他们像激情燃烧的年轻人一样新奇，像年老的流放者一样迫切。抱着吃饭，抱着睡觉，下雨的时候紧紧拥抱，日落时也不分开，家里没有饭了，他们就打电话叫外卖，吃着炸酱面、比萨或猪蹄，继续拥抱。他们相互拥抱着看电视。他们像用棍子打也决不分开的蛇，顽强地相互纠缠。抱累了，两个人静静地脱下衣服，躺着注视过路的行人。那个月是龙大生命中最幸福的时光。明华拥有了久违的休息的感觉，这还是来韩国之后的第一次。这是不属于雇主和客人，完全集中于自己的瞬间。体会着爱的感觉，身体属于自己，这种感觉也很美好。太显而易见，这种生动的感觉甚至让他们悲伤。龙大无忧无虑地享受着新婚的甜蜜，明华却经常注视新郎熟睡的面孔。这样过了一个月,他们的钱花光了。明华大部分钱都寄回了老家，身上一无所有。龙大来到首尔后工作还算勤恳，然而交完婚房保证金之后存蓄也所剩无几。明华说她暂时不想去餐厅工作。龙大让她不用担心。他继续开出租车。出租车公司是随时可以开始、随时可以结束的地方。换句话说，这是难以脱身的地方。G 运输公司不认可以前的工作经历。大部分运输公司都是这样。龙大决定开承包出租车。也就是先交 10 万元预付金,当天使用出租车的方式。几个月后，龙大得知明华患了胃癌。

窗外，出租车队伍正在逐渐变短。龙大转眼到了最前面。这个时间，江南酒吧门前的生意很好。常常可以看到搭着肩膀、跌跌撞撞的白领们。有人在胡同里呕吐，有人和苗条的姑娘们观察四周。昨天三次进入内环路，运气不错。今天却连要交的费用都没赚出来。来到首尔后真的无事可做，只工作了两三个月，终于落得这样的下场。即使身体不舒服而停开出租车，也必须拿自己的钱交份子，而且没有休假。虽说每月 70 万到 100 万的薪水微不足道，可是马上就能拿到现金，这是最大的魅力。也正是因为这点，很多司机迷上打游戏或赌马，甚至借高利贷。龙大也曾痴迷于网络游戏。他在网吧玩 GO-STOP 的时候，听到了母亲去世的消息。母亲的房子被人抢走，住在镇上的哥哥家里，郁愤而死。听到这个消息的瞬间，龙大明白了，自己再也无法回到故乡，想回也回不去了。龙大参加了葬礼。为了不让别人认出自己，他连丧服都没穿，穿着开出租车时的夹克。龙大在医院附近徘徊了很久，还是没有勇气进去。他在汽车站附近的大排档喝了烧酒。“喝一杯就去，就喝一杯。”结果喝了四瓶。直到大排档打烊了，他才离开。

家人惊讶地望着龙大。没有人跟他打招呼，也没有人询问他的情况。龙大跌跌撞撞地走向母亲的灵堂。作为丧主的哥哥还没来得及阻止，他就喊着“妈妈！”倒在母亲灵像前，好像要扑进照片上母亲怀里的姿势。面前的香炉被他扑倒了。尚未燃尽的香火和沙子乱糟糟地撒落在地。龙大坐在地上，一把鼻涕一把泪，像孩子似的哭了起来。男人们想扶他起来，龙大却扭着身体挣扎，哭闹不止。第二天，大哥冷冰冰地对他说：

“如果我是你，我不会回来。”

妻子病情日益加重。他再次和家人取得联系。兄弟们不知道他结婚的消息。他们认为明华和卷走保险金逃跑的茶馆女人是同类，否则那么好的女人怎么会跟龙大这样的男人。二哥气呼呼地说，我之所以接你的电话，是因为那是陌生号码。遭到家人忽视之后，龙大去找远房亲戚。有人断然拒绝，有人象征性地借给他几十万，打发他回去。明华死了。即使没有住院费的问题，她也会死，只是走得有点儿早，散发着难闻的气味，瘦骨嶙峋地死了。

瑞草洞 S 酒店门前，有人正在拦出租车。男人的手放在一起走出酒店的女人腰间，小声说着什么。直觉告诉龙大，这个男人要乘坐自己的出租车。很多次他因此失望，尽管他相信，自己的乘客另有其人。

这次他们真的摇摇晃晃地朝自己走来。女人看上去像是职业女性。男人穿着黑色高档西装。呃？龙大观察着男人的脸。男人看都没看驾驶席，径直坐到后排。车门一开，冷风呼地吹了进来。女人在窗外道别：

“哥哥，下次再来，好吗？”

女人的香水味弥漫到驾驶席。男人笑着说，啊，好的，好的，同时关上车门。

“请问您要去哪儿？”

龙大通过后视镜再次观察男人的脸，情不自禁地大声喊道：

“你是志勋吧？对不对？”

斜靠在后排座位的男人一头雾水地坐正身体。听到自己的名字，他有点儿紧张，却还是流露出“你是谁呢”的表情。

“什么？”

“是我，是我呀，龙大叔叔。”

龙大灿烂地笑了。他根本不知道自己的样子显得多么没有分寸。志勋这才回过神来，敷衍着点了点头：

“啊，您好。”

两个人四目相对。短暂的瞬间，交织于他们之间的感情并不一样。龙大面对久未见面的亲戚感到无比亲切，而志勋首先想到的是，回家的路变得非常遥远和别扭了。刚才让龙大看到自己和女孩在一起，这也让他担心。

“您还好吧？”

“当然，你呢？”

两人是堂叔侄关系。龙大是志勋的堂叔，志勋从小就叫他叔叔。龙大是小爷爷家的老幺，两人年龄相差不多。他们差不多有一年没见面了。那时志勋还没和父亲分家，住在木洞的父亲家里。晚上下班回来，看见龙大叔叔坐在客厅里。志勋吞吞吐吐地跟龙大打了招呼，然后就去了小房间。母亲在削梨，父亲严肃地盯着关闭的电视机。叔叔离开之前，志勋没有走出房间。他看出这种气氛下自己不该出面。叔叔失望地走出门的时候，他再次冲叔叔点了点头。后来他知道叔叔是来借钱。我们也很困难，那小子还没分家，和我们住在一起。这句话把叔叔打发走了。那天龙大跪在地上，伸出湿热的手，拉住堂哥的手，一反常态地在手上注入全部的力量，仿佛他必须这样做。父亲咋着舌头对志勋说，那个混账，又喝醉酒到我们家来了。

“是回家吧？”

“什么？是的。”

“木洞！ 7号，对吧？去年我们也是在那里见的面。”

志勋有些尴尬。自己的确在木洞住过，现在却不是了。他住在距离红灯区不远的道谷洞。房子是相对宽裕的岳父家购置的。可是叔叔的语气那么热情，那么自豪，现在他也不好意思说自己搬到了更好的地方，只好说是的，就是那儿，还言不由衷地附和说，叔叔竟然连这个都记得。想起父亲拿自己当幌子拒绝借钱给叔叔，他就更有理由这样说了。龙大兴致勃勃地开车。

“可以抽烟吧？”

龙大点燃香烟，形式化地问道。志勋最讨厌烟味，还是毕恭毕敬地回答，当然。叔叔总是这样。尽管志勋不是很了解，然而和小时候模模糊糊的感觉，以及从长辈们的谈论中获得的印象一致。风吹进车窗。烟雾没能飘散到窗外，在车里旋转。志勋扬起眉毛，努力让自己不皱眉。

“喂，和侄子一起乘车可以抽烟，真好。”

这里距离木洞很远，从木洞到道谷洞怎么走呢？志勋暗自担心。跟叔叔说什么好呢？这期间他也偶尔听到些龙大叔叔的消息。叔叔离开家乡，弄丢了和小奶奶一起住的房子，这些事早就听说了。他还知道叔叔开出租车，前不久刚刚结婚的消息。除此之外，志勋对叔叔几乎一无所知，只是远房亲戚罢了。有血缘关系，却不怎么见面，彼此没有利害关系。不，准确地说，只要叔叔不给自己惹麻烦，那就谢天谢地了。

“最近忙吧？”

龙大调皮地窃窃私语，像是在说什么淫荡话题。

“喂，检察官一个月赚多少钱？”

志勋有些慌张，努力用谦虚的语气作答。

“一般吧，没有想象中那么多。”

窗外，一对西方面孔的人体模特穿着韩服微笑。也许是经济不景气的缘故，街头比往日冷清。生鱼片店门前摆放着巨大的塑料梭子蟹模型。可以看到主妇音乐教室，还有火窑桑拿。在生意惨淡的宽敞鸭肉店里，一对年轻男女留到最后，他们在慢慢揣测性爱的可能性。龙大调高了收音机的音量。

“啊，你好可恶，啊，你好狠心。”

手指在方向盘上轻轻点了几下。龙大悄悄观察侄子的脸色。家族的门面，家族的骄傲，家族的秀才，志勋侄儿，他突然想给侄子留下好印象。从弘益大学去水色洞的姑娘说过的话，估计侄子也会喜欢。

“人真的很了不起，竟然可以创作出这样的歌曲。”

志勋似乎在想别的事，没有说话。

“是吧？”

“什么？”

“呃？”

“您刚才说什么？”

龙大担心自己说错话了。本来是为了装饰自己才这样说，结果很尴尬。

“不，什么也没说。”

“我真的没听见，对不起，您说什么？”

龙大涨红了脸。收音机里传出狐步舞曲，他调低了音量。

“没什么。大人们都好吧？”

其实龙大和志勋两家关系并不好。不只长辈，后代子孙也如此。志勋的家族从祖父那辈就过得很富有。龙大的父亲只是大字不识的农夫，却在背后默默地扶助志勋的祖父。龙大的父亲满足于现状，而志勋的祖父却野心勃勃。龙大的父亲用养牛和卖米的钱供大哥读书。志勋的祖父大学毕业后就职于建筑公司，平步青云。那时国土开发之风大肆盛行。他总是很忙，渐渐忘记了自己站稳脚跟就帮助弟弟的承诺，反而对弟弟颐指气使，每年都让弟弟送来全狗药汤，或者跟朋友们去玩的时候让弟弟准备食物。龙大的二哥说，看到父亲背着全狗药汤，蹲在高速公路服务区的商店里，自己感觉心痛欲裂。他们的子孙后代也继承了这种阶层差别。龙大的父亲对教育毫无兴趣。他的两个哥哥对教育很狂热，却不具备引导子女“往哪儿走”的环境和信息。每逢过年过节，志勋都能感觉到两家之间微妙的心理战。尽管双方都没有直接表露，然而志勋家暗地里看不起他们家，觉得他们卑贱。对方则认为他们不知廉耻，忘恩负义。无论这些是否属实，志勋家的确表露出柔和的傲慢，而龙大家表现出的却是自卑。龙大的存在让自卑感达到了顶点。家人觉得龙大丢人，尤其在大伯家面前更是如此。

几年前的中秋节，志勋通过司法考试，怀着轻松的心情过节。他享受着亲戚们的祝贺和鼓励，甚至有点儿疲惫。从不登门的远房亲戚家也去拜访了。那天没见到叔叔的身影。已经连续好几年了，叔叔在中秋前一天喝得酩酊大醉，不参加祭祀。志勋乘坐父亲的轿车去祖坟。墓地迁移修缮后，长辈们对这个地方都很得意。从五代曾祖父的墓开始磕头，沿着阶梯式墓地走下来，志勋也感觉很自豪。那天格外炎热，行驶在崎岖的非铺装公路上，父亲突然把车停下了。他看见前面有熟人。其他亲戚的车在路边停了一排。志勋下车，跟着家人走向人群聚集的地方。龙大叔叔也在那儿，脸色阴沉地躺在田埂里。最先映入眼帘的是大堂叔慌张的表情。大堂叔扶起龙大叔叔，责备了几句。为什么要酒后骑摩托车，幸好是摔在田间，万一摔死了怎么办？也就是诸如此类的话。龙大叔叔仍然魂不守舍。几位堂叔把摩托车推到附近的教堂门口。大家商量着怎样处理叔叔，最后一致同意先带他去祖坟。总不能丢下他不管吧。虽说他喝醉了，毕竟也是家族的子孙，应该去祖坟。龙大坐上了志勋家的车。因为他家车上有个空位。那天稍有点儿热，开空调不合适，不开空调又热。志勋夹在妹妹和龙大叔叔中间，尽可能地蜷着身体。紧挨着叔叔，感觉陌生又别扭。汽车稍微颠动，叔叔的肩膀和大腿就会碰到志勋。龙大满嘴酒气地对志勋说，听说你通过考试了，我真为你骄傲。说着，叔叔紧紧抓住志勋的手。他的手上满是汗水，又潮又热。志勋非常讨厌叔叔的手，那种热乎乎的感觉。龙大给志勋的印象就是这样。闷热的日子，没有眼力见儿的人伸出来的热乎乎的手。到达祖坟，龙大才放开志勋的手。

转眼间，出租车驶上梧木桥。

“哎呀，我跟朋友们说，我侄子是检察官，没有人相信。他们都说我撒谎，还说自己的侄子是总统。我要在酒桌上给你打电话，你帮我证明一下。”

“啊，好的。”

“喂，我侄子是检察官，我就算闯了祸，也没关系吧，哈哈。你有名片吧？给我一张。”

志勋伸手到西服口袋里翻找名片。那是一个不锈钢材质、绘有感性图案的意大利产名片盒。志勋递给叔叔的却是另外一种名片，为了应付意外状况特意准备的。那是换工作之前的名片，写的还是以前的手机号码。

“还没孩子吗？”

“妻子怀孕了，秋天出生。”

“是吗？是的，多生几个。现在孩子数量代表着家庭的经济实力。”

凌晨两点，城市的风景无比荒凉。出租车里变得安静。想到叔叔可能把妻子怀孕和刚才酒店门前的风景联系起来，志勋心烦意乱。尴尬的沉默持续了很久。志勋觉得自己或许有点儿无礼，是不是应该做出晚辈的样子，主动跟叔叔说些亲热的话。一直都是叔叔问，他来回答。怎么说也是叔叔，志勋终于鼓起勇气，问候叔叔。

“对了，堂婶好吧？”

“……”

龙大通过后视镜悄悄地看了看志勋。寂静在两人之间升起。窗外，价值 9900 元的中国产比目鱼在巨大的水族馆里摇摆着身体。龙大迟疑片刻，用有生以来第一次真正符合叔叔身份的声音轻柔地回答：

“当然。”

“没能参加叔叔的婚礼，对不起。后来才知道的。”

“哪里哪里，我也没能参加你的婚礼。在那里右转，对吧？”

到了熟悉的地方，志勋心里冒出新的感怀。绿化整齐，比别的地方昂贵。他在这里上学、散步、扔垃圾，还曾酒后在路边撒尿。

“在那个游乐园前面停车。”

龙大熟练地停下车。志勋从钱包里拿出两张万元纸币。

“算了算了，一万就行了。”

志勋耸了耸肩膀，恭恭敬敬地向龙大道别。嘴里冒出热气。

“路上小心。”

“回去吧，给你父亲带好。我会给你打电话的。”

龙大突然把手伸出窗外，要和志勋握手。距离驾驶席有点儿远，姿势很别扭。志勋撅着屁股伸出手，抓住了龙大湿漉漉的手，然后心不在焉地上下晃了晃。出租车驶出了七单元入口。志勋假装走进公寓，迅速藏到花坛的树后，一直等到龙大消失不见。他打算回道谷洞。龙大在斑马线前等待信号灯。志勋紧贴在树后，蹲在地上，直到再也看不见龙大。

龙大把车停在七单元附近的便利店门前。送走侄子，他想抽烟了。也可以边开车边抽烟，只是他不想这样。正好便利店附近有自动咖啡机。等待咖啡出来的时候，龙大点燃香烟。快到交班时间了，今天也没赚够预付的份子钱。龙大喝着牛奶咖啡，尽可能缓慢地吸烟。这时，他看见有人在远处拦出租车。不知道是因为拦不到车，还是因为寒冷，男人的脚步有些匆匆。如果快点儿转弯，说不定龙大可以拉上这位客人。龙大踩灭烟头，朝车门走去。突然，他停了下来，慌忙走进胡同。

那男人很像自己的侄子。龙大藏在没有路灯的漆黑胡同里，直到侄子乘坐出租车消失在视野里。

空荡荡的出租车里，磁带转动的声音听来有些孤寂。龙大无精打采地反复听着“我的座位在哪儿”。刚才志勋问起妻子的情况，他想起了明华。新婚之初还像车前草那样坚忍而蓬勃的女人，挣扎着渐渐缩小，后来轻如鸿毛，甚至感觉不到她的重量。为了支付医疗费，夫妻俩从年租房搬到月租房，后来不得不搬进了位于九老区像棺材似的小房子。深夜，明华尖叫的时候，隔壁传来用外国语骂人的声音。有时是越南语，有时是孟加拉语或俄罗斯语。龙大喜欢明华。如果可以，他还想继续喜欢。偶尔，他也会怀疑，不知道明华是不是真心喜欢自己。这种怀疑让他无法忍受。在亲戚面前吃了闭门羹之后，他开始向出租车司机同事们借钱，都是他自以为关系不错的同事。有人躲闪，有人说抱歉，偶尔也有人咋着舌头对他提出忠告。那个女人，从开始就不对劲，没有签证，没有钱，无家可归，又患了病，所以才缠上你，趁早分手吧。龙大被他们当成了傻瓜。起先他觉得他们是胡说八道，然而听得多了，好像也的确是这么回事。有一天，龙大暴饮之后，揪住了明华的脖子。当时他被妻子不停不歇的呻吟和挣扎折磨得疲惫不堪。你真的不知道吗？你明明知道自己有病才嫁给我的，是不是？要不然你怎么会和我这种男人在一起？我有那么好骗吗？你要是想死就自己死，不要毁了我的人生。他瞪大眼睛，臭婆娘、死女人之类的脏话也脱口而出。明华没有任何抵抗，也没有辩解，只是像个乖孩子似的有气无力地吐在龙大的裤裆上。龙大翻着白眼，猛地举起了手，太过分了！然后，他瘫坐在地，像孩子似的嘤嘤哭泣。一边含含糊糊地重复着臭婆娘、疯子、狗娘养的，一边暗自思忖，这个欺骗自己的女人，这个利用自己的女人，这个直到最后依然装纯真的女人，这个坏女人，我好想救活她。

龙大仍然不知道她是否真的爱自己。明华去世之后，龙大在散发着病人臭味的小房间里蜷缩了几天。他想过回乡下，帮大哥的工厂做点儿事，但是他不能。他又不想留在首尔，一天又一天毫无意义地混日子。三天里，龙大躺在房间里不吃不喝。整理明华物品的时候，他发现了一团奇怪的东西。那是很久以前妻子送给他的礼物。凭着浅薄的时事知识，龙大有空就骂韩国。有时因为谈论政治而与客人争吵。有熟人去中国赚了大钱，龙大自己也想去试试，还假惺惺地对明华说，如果和你一起去，我就没什么担心的了，要不要趁机学学中国语？他言不由衷地说。明华眨着眼睛问是不是真的。龙大不假思索地回答说，是。明华似乎为龙大想要学习自己国家的语言而真心感动。她劝龙大说，你也应该会说几句基本的才行。那时龙大很想在明华面前好好表现，于是稀里糊涂地点了头。龙大说完就忘了。明华多次询问进度，他不知所措。不久，明华递给他一大包磁带，说是自己一字一句录的音，让龙大不要强迫自己，像听歌一样地听。听得多了，慢慢地就能跟着说出来。这些都背会了，就能自然而然地说出上百句中国语。龙大也觉得这对约会很有用，于是就听磁带。也只是几天罢了，结婚以后龙大甚至忘了家里还有磁带。磁带被装进黑色的袋子里，束之高阁。妻子去世没几天，磁带突然出现在他的视野里。不久，龙大又去上班了。每天上班期间，他都要带上一盒磁带。磁带弄混了，没有顺序。龙大随便拿起一盒，不知道今天要学哪句话，也不知道明天要背哪个生词。他挑选的第一盒磁带流出下面这句话：

"认识你很高兴。"

龙大漫不经心地跟着说：

"认识你很高兴。"

随后明华用韩国语说：

"认识你很高兴。"

龙大也跟着说：

"认识你很高兴。"

磁带重复着同样的话。明华说一句，龙大跟着说一句。龙大不熟练地背上几句，明华用同样的句子作为回答。龙大若无其事地模仿磁带，反复说着“很高兴”。一面转完了，他突然把头埋在方向盘上，在公路边嘤嘤哭泣。

龙大又听了几盒磁带。再见，明华说一句。再见，龙大跟着说一句。今天天气真好。龙大跟着说，今天天气真好。不用担心。明华提醒龙大，龙大也用同样的话作为答复，不用担心。抓着方向盘的手上不断地冒汗。龙大在四个声调之间徘徊，不时用衬衫擦手。龙大就这样和明华交谈，看上去就像懵懂的少年，跳着和别人截然不同的舞蹈。龙大知道，说着明华国家的语言，说着从未去过也许永远都去不了的国家的语言，他在这个过程中慢慢好起来了。

冬夜，亮着“空车”的出租车画出长长的灯光四处游荡。那是承载着各自的苦衷、故事和歌声的城市的蝶群。龙大一边开车，一边往窗外看有没有客人。凌晨的风格外地冷。龙大感到莫名的寒气。去年下大雨的时候，有位乘客从狎鸥亭去仁川机场。他说飞机很快起飞，让龙大以最快的速度开车。龙大开得很快。可是很奇怪，那天机场路上一辆车都没有。天阴沉沉的，经过一架大桥，时速达到 80 公里，车身摇摆。他从未这么怕过。突然很想知道“害怕”这个词用中国语怎么说，不知道妻子给自己的磁带里有没有这句话。如果有，妻子在录音期间，为了教他学会这句话，要重复说几次“害怕”呢？而他自己又要重复几次，才能记住这个单词？

出租车经过一家 24 小时营业的土豆排骨汤店，经过拆迁区域的隔板和亮着绿灯的夜间诊所，经过衰败的酒吧和便利店。龙大又提高了速度。他看见卖烟的宠物中心，看见美容用品店里陈列着截掉脖子的头像，看见内衣批发店和杂货铺。磁带一圈圈地转。龙大跟着说中国语，尽管没有人看，他还是显得很尴尬，说得结结巴巴：

“我的座位在哪儿？”

“我的座位在哪儿？”

咔嚓一声，磁带自动转到另一面。突然间，明华的声音传来：

“离这儿远吗？”

“离这儿远吗？”

龙大小声嘀咕了几句“离这儿远吗？”然后踩下油门。冬夜，几颗顽强地挂在树枝上的银杏犹如无人理睬的约定，俯视着刚刚经过的出租车，瑟瑟发抖。既不掉落，也不腐烂。

一天的轴

*

凌晨，琪玉女士早早醒来，执着地盯着天花板，然后翻了个身，面向厨房。她又一动不动地凝视着黑暗中的某个点。太阳已经升起，琪玉女士的家里白天也见不到光，依然漆黑。这个时间出现在琪玉家里的光芒只有在餐桌上闪烁的红点。琪玉一直在看这个点。那是镶嵌在“保温”两字旁边的圆形电源标志。很久以前，琪玉女士从睡梦中独自醒来，夹在工厂同事中间什么也做不了的时候，就经常这样久久地盯着电饭锅的灯光。这样看着看着，心情竟然会变得平静，甚至有些凄凉，似乎无法忍受心灵的漆黑。电饭锅灯光所在的位置就像空腹到食欲的距离，似近似远，若隐若现。还像每个人都踩在脚下却无法拥抱全部的行星的边缘，那是饥饿的尺寸。

闹钟响了，琪玉女士起床开灯。瞬间，一个家庭的褴褛和羞耻同时暴露在干涸的日光灯下。没有趣味，也不成系统，随意摆放的家具，琪玉女士令人疼惜，甚至深感悲惨的脑袋也暴露在灯下。几个月前，她的头发就开始减少，现在头顶已经空荡荡的，摸不到几根头发了。美容院说这是常见的压力性脱发。不管叫什么，这种症状对于五十多岁的女人来说难以接受。不经意间，琪玉女士从枕套上摘下一缕头发，想起几天前在公交车上遇到的女生的表情。一群女生在附近车站叽叽喳喳地上了车，一名女生看到琪玉女士情不自禁地叫了声“哎呀”。那个孩子用手捂着嘴巴，观察琪玉女士的脸色。隐藏于短促呻吟之中的叹息、怜悯和惊愕却如数传递给了琪玉女士。女生们看着智能手机，嘻嘻哈哈地打闹。刚才的女生通过眉毛部位的肌肉向朋友们发出信号，你们看那个女人。没有什么恶意，只是难得一见，所以让大家一起看。一直看窗外的琪玉女士缓缓抬头，盯着那名女生，用不带责怪和批评的语气说道：

“至于吗？”

窗外传来熟悉的机械声音。声音来自劳务公司的摩托车，像寒冬时节的猎狗急促地喘息，发出吠叫声。琪玉女士拉开窗帘，给房间换气。胡同里有位老人骑着摩托车，摩托车后面放着垃圾袋。不一会儿，食物垃圾计量袋里露出的污水气味乘着凌晨清凉的空气进入琪玉女士的家。那是昨天夜里辗转反侧的城市阴沉着脸、伸懒腰时散发的口臭。琪玉女士来到厨房，拿出红花调制的大麦茶，喝了半杯，按了锅炉的“温水”按钮。使用二十几年的锅炉没有放在独立的空间，而是像装饰似的挂在厨房角落。本来不该挂在那儿，这费解的装饰让认为不该挂在那儿的人们给予同情和责怪。琪玉女士脱掉T恤，穿一件宽松的短裤，蹲坐在浴室里。儿子不在家，洗澡的时候又弄湿了衣服，只能这样。昨天晚上洗过的文胸挂在卧室门把手上，没有胸垫，也没有钢托，却画了出人意料地华丽又不知名的外国花儿。琪玉女士蹲在洗衣机旁，小心翼翼地不让自己的胳膊和大腿碰到马桶，然后一边往头上泼水，一边想，这会儿英雄在干什么呢……有没有好好吃饭，有没有人欺负他，我寄给他的东西都读过了吗……琪玉女士收集的废纸堆在门口，都是从报纸上剪下来的方形纸片。隔壁家的电视机里，身穿韩服的气象播音员正在播送天气：“本次黄金周受高气压影响，晴朗天气将在全国范围内持续。”对面的人家，在高速客运站售票站工作的姑娘正面色泛黄地刷牙，隔壁的年轻妈妈昨天在银行窗口饱受“粗鲁”顾客的折磨，今天没等开始工作就筋疲力尽了。躲避身体不便的亲戚而早早出门工作的出租车司机，等待大客户的理发师的表情还算好，然而对于大部分人来说，过节并不是什么开心事。琪玉女士也不例外。

像今天这样的日子，又会有很多人聚集到永宗岛，那么琪玉女士的工作就要比平时增加几倍。她闭上眼睛，又往后脑勺泼了几次水。为了让头发显得茂密点儿，她没用护发素。不一会儿，琪玉女士的白发哗啦啦打着旋落入下水道，保持着和地球自转相同的方向。世界比从前、比刚才更稀薄了许多。楼上的女人多次在没有预先通知，也没有额外报酬的情况下延长工作时间，今天是公休日，她也要去百货商店上班。“这次要不要真的辞职？”这样想着，她翻了个身。她的小学生儿子熬夜打游戏，无意间看到相关报道，在后面留言“百货商店这群兔崽子”。这时，太阳升起，黑暗退去，长假第一天开始了。转眼间，城市冷清的街道上出现了很多行驶的汽车，像循环的血液……琪玉女士家的胡同口也传来自行车铃声，弹着黎明的耳垂。明天是中秋节。

*

机场里挤满了利用长假去海外的人们，聚集在国际航班入口前。有的去宿务[①]，有的去芭堤雅[②]，有的去香港，少数去巴基斯坦或哈萨克斯坦、埃及。候机楼的天花板很高，空气中充满了淡淡的兴奋和疲

① 菲律宾城市。

② 泰国度假胜地。

惫，以及交谈声。登机楼和交通中心、停车场也是一样。新闻说本次节日去海外的人数达到 45 万。平时仁川机场的出境人数是三万左右，算得上规模巨大了。

尽管内部风景充满活力，然而从外面远远看去，仁川机场却静得出奇。机场大巴里安静得犹如去掉声音的新闻画面。空旷岛屿上孤独盛开的文明之花，大概就是这样吧。复杂而庞大的现代化系统以静态形式祥和运转的时候，那种万无一失带来的奇怪压力、宽慰，抑或美丽，也存在于机场。人们在绵长的高速铁轨或者优雅的悬索桥、发电塔里也会有同样的感觉。唰——凉爽的秋风从留下黑色轮胎痕迹的滑道之间吹过。飞机停在机场里，前轮托着下巴，正闭着眼睛感受秋风。不知道从哪个国家吹来，也不知道要吹向哪个世界。几架飞机乖巧地把头探到登机楼的阴影里，打盹抑或思考。调度塔后面，一架飞机刚刚离开地面。飞机肯定使出浑身解数克服重力，表面看来却沉稳而从容。不一会儿，那家伙经过的地方露出一长串放心叹息的痕迹。人们称之为飞行云。

时值秋日，熟透的阳光射向机场各处的格子花纹窗户。机场内部被巨大的玻璃窗整体包围，到处都悬挂着日光灯，已经充满光芒。热辣而深邃的秋阳为机场内部增添了光彩。太亮了，亮得近乎爆炸。仁川国际机场宛如一条内脏清晰可见的鱼，配合着流畅的曲线和果敢的直线，设计得很时尚。尤其是候机楼，用了五万多块玻璃，尽可能接近天空，尽可能和天空相通。而且更加透明，更加闪光。每天都有几百人努力工作。仅登机楼就有 500 人，整个机场有七百多名保洁员。琪玉女士是其中之一。

保洁分为三组，二十四小时不间断。琪玉女士的工作时间是下午一点到晚上九点半。候机楼三层的两个女卫生间由琪玉女士负责。听组长说，以前男卫生间也由女人负责，只是很多外国人因此受惊，于是就按照性别分工了。琪玉女士每天都要让洗脸池和马桶、地砖和镜子“像刚刚擦过一样”。在很多人来往不绝的空间里除掉“来来往往的痕迹”，这是机场保洁的核心。

上午琪玉女士没去发传单。几天前，公司打电话问“那天也能工作吗？”她犹豫片刻，回答说“有点儿困难”。其实她没什么事情，也没什么地方可去，只是觉得没有必要连节日也工作……就搪塞过去了。琪玉女士对自己的选择很满意。她知道很多十几岁的孩子在竞争同一个打工岗位，但自己从属于社会风俗，她也喜欢做个保持风俗的人。最近她需要这些东西。比如时机一到，中年人自然会去寻找的氨基葡萄糖、亚麻酸，或者欧米伽 3……身体率先察觉，站出来要求的东西，比如农历新年想吃年糕汤，十五想吃野菜，中秋想吃松糕，生日想喝海带汤，冬至想喝红豆粥。只有这样，肠胃才感觉舒服，身体才接受新的季节。有时因为太过清晰，反而显得过分。不仅要祭祖，还要祭自己。琪玉女士想用食物向自己的身体致敬，又顺利度过一个季节，以后还请多多关照。比如对时间、对自然、对人生提议："我知道你的名字，你也要和我友好相处。"琪玉女士认为那不是"语言"，而是"感觉"。所以今天她没有辗转于商街和住宅区之间分发贷款传单，而是打扫房间，逛市场，泡上做年糕的米。每年都做的事情，今年她也想做。她希望自己家的食物香味弥漫到邻家。

一大早，琪玉女士就忙着准备做凉拌菜和炒杂菜。泡好材料，收拾干净，明天才能直接使用。完成繁杂的厨事之后，她把肉块放进大锅里煮。国产牛肉和精挑细选的价格昂贵的美国产牛肉。牛腩煮开之后，放小火焖。再把剩米饭用保鲜膜包好，放入冷冻室，新米放入锅中。然后洗碗，清理食物垃圾，煮沸抹布。等到无事可做了，她才坐到客厅地板上。胡乱变换电视频道消磨时光，一会儿就该关火了。屏幕上播放着嵌在方框里的中秋专题节目和新闻，以及过时的外国电影。这个频道播放的是交通信息，那个频道播放的是头戴冠帽唱狐步舞曲的菲律宾姑娘，另一个频道则是系着绶带的偶像歌手。琪玉女士枕着旁边的卷纸，侧身躺下，无聊地换着频道。不知道是因为家里充满热气，还是因为久违的短暂休息时光令人愉悦，她的眼皮总是不由自主地闭合。不一会儿，琪玉女士睡着了，连饭锅里发出的噗噗声也没听见。粳米混合着糯米，睡梦中也能闻到甜丝丝的饭味。

睁开眼睛，已经过了乘公交车的时间。琪玉女士猛地站起来，关掉燃气灶，做上班准备。特意新做了米饭，却一口没吃。只搽了防晒霜和口红，一分钟就完成了。衣服穿从奥特莱斯买来的 3 万元的 T 恤衫和防风夹克就足够了。戴上把头全部遮住的宽檐帽子，拿起零乱地刻着古驰标志的手提包，走出家门。谁都能看出这是不太搭配的组合。不过，琪玉女士不知道什么是古驰，也不知道什么是冒牌货。只是在小摊上试着提了几下，感觉便宜又轻便，就买了下来。在机场看到差不多的东西，她以为只是和三线拖鞋的三线带子一样，是韩国流行的普通材料。啊，对了！我应该把饭锅里的米饭搅拌一下再出门……有些遗憾，她还是急匆匆地上了楼梯。她不想回去。走过大门口的时候，琪玉女士发现邮箱里有个白花花的东西。肯定是通知单，她想径直走过去。如果因为这个东西而让别人以为家里没人就不好了。尤其是女人独居的家庭，更是如此。琪玉女士转身走向邮箱。手里拿着大型卖场迎中秋大促销的广告和奥特莱斯卖场的打折优惠券，还有最近第二金融圈制造的信用卡使用说明书。今天是假期，不可能是今天收到的，应该是昨天下午就收到了，因为天黑没看到。怪不得！琪玉女士一边嘀咕，一边哗啦啦地翻看那些邮件。传单里夹着一个陌生的信封。那是市面上常用的白色统一规格的信封。她看了看寄信人的名字。是认识的人。琪玉女士站在原地，呆呆地盯着那个名字。犹豫了一会儿，她把手里的全部邮件都塞进包里，朝着公交车站跑去。不知道是喜悦，还是不安，一路上心都在扑通扑通地跳。

一点刚过，琪玉女士到达办公室。已经受过管理员的指责，琪玉女士赶紧换上工作服，紧紧系好自己带来的头巾。工作服的胸前镶着小小的图案，可以看出琪玉女士在什么地方工作。乍看像云彩，仔细看又像太极旗，这是机场的标志。看上去很敏捷，很灵验，宛如可以带人去任何地方的翅膀，同时也让人自然而然地联想到风或寒冷之类。仿佛在告诫职员，必须紧紧抿上衣襟。她也的确是感冒了。可是，凝缩如气压槽的标志里旋涌出的感情令人难以控制，刮着劲风吹入胸口。

琪玉女士推着带轮子的清扫工具箱，走向第一个卫生间。身穿迷你短裙和高跟鞋的姑娘颤巍巍地迎面走来，手里抓着大型行李车。这样的场景并不奇怪。哪里都有迟到的人，尤其是机场。琪玉女士担心这样会不会摔倒，一直盯着姑娘的背影，直到对方消失在她的第一个责任区。

标记牌上用韩语、英语、汉语和日语写着“卫生间”，还绘有图画。即使不识字，只要是文明化的地球人都能很容易地理解。那是国际化记号，谁看了都能清楚地知道这是“方便的地方”。不过，世界人在这里解决的不仅仅是“方便”问题。令人惊讶的是，人们在卫生间里做很多事情，洗漱、拉撒、扔废物、化妆。除了这些最基本的，还有吃东西、哭泣、打架，还有暴力、丑行、安装易爆物等。琪玉女士倒是没见过恐怖分子。她只知道男卫生间里发现过手枪用实弹和海上照明弹，引发了混乱。为什么偏偏选在卫生间呢？同事们发牢骚。仔细想想，除了卫生间，恐怕也没有更合适的地方。琪玉女士戴上橡胶手套，把清扫工具车停在门口，开始了一天的工作。黄色工具车上装着除臭剂、上光蜡、洗涤剂、抹布和卫生纸。洗涤剂的数量、种类和用途都由公司设备环境组决定，然而发工资的却是劳务公司。琪玉女士对劳务公司的情况和机场公司的情况都不清楚。

这也是公司希望的。

卫生间里挤满了人。虽然比不上节假日高速服务区里排队方便的人群，不过也够多了，平时很少排队的过道里也有人在等候。琪玉女士熟练地抹掉镜子上的污点，擦地板，往纸筒里放入卷纸，整理干净周边。这些都需要经常弯曲肩膀、腰部和膝盖。擦拭洗手池的时候，一名女高中生眯着眼睛站在镜子前搽睫毛膏，薄开衫里面穿了件吊带衫，看来要去热带国家。另一个姑娘站在旁边，已经补好了妆，正鼓着脸颊自拍。琪玉女士赶紧避让，生怕自己进入背景画面。她很吃惊，为什么要在拉屎撒尿的地方拍照？当然她没时间胡思乱想，要做的事情不断增加。她拿着装有马桶刷、钢丝球和洁厕灵的小桶，辗转于各个隔间。人们进进出出的顺序不确定，如果不能记住程序，很容易出岔子。琪玉女士先把垃圾筒清理干净，再用马桶刷擦洗马桶内侧的角角落落。手碰不到的地方就用牙刷，拿海绵擦拭陶瓷表面，然后再用干抹布擦一遍。乘客们在隔间里面孤独地解决问题，各式各样的行李箱呆呆地矗立在门外，像忠犬等待着主人。尽管马桶前的空间很宽敞，也还是有些行李箱放不进去。琪玉女士打扫过道的时候，这些行李箱很碍事。她避开带有很多饰物的日本姑娘的行李箱和另一位乘客的名牌真皮行李箱，以及超过

20公斤的登山包，灵巧地打扫地面。面对琪玉不大不小的关照，外国女人们用各自的母语说“噢布里嘎刀”①“柯布普拉库恩克拉”②“新达塔”③或“布拉嘎达流瓦斯”④。琪玉女士尴尬地微笑。考虑到各地微妙的语调和发音差异，换成韩国语应该是“谢谢”“谢了”“谢谢啦”。尽管琪玉女士不知道这其中的细微差别，却也知道这都是表示感谢的意思。她们的眼神和表情充当了翻译。这种时候琪玉女士也想做回应，可是她不懂外语，只能消极地点头，不停地说“好，好”。

琪玉女士推着清扫工具箱，快步走向第二个卫生间。原来两个卫生间需要间隔十分钟打扫一次，不过今天需要的时间更长。像刚才一样，琪玉女士整理了化妆室、残疾人室和洗手池周围，清扫过道，清理每个隔间。今天这个卫生间格外脏。从最先进入的最内侧隔间开始就是这样。她提着小桶，看到有人刚刚解决完问题出来，就进去了。打开门，血腥味扑面而来。刚才是一个大块头的白人女性阴沉着脸离开这儿。怪不得急匆匆地走了，看都没看她。琪玉女士凭经验知道，

① 葡萄牙语“谢谢”。
② 泰国语“谢谢”。
③ 越南语“谢谢”。
④ 俄语“谢谢您”。

有时血腥味比大便味更恶心。当然，最糟糕的是经期女人大便之后。琪玉女士皱着眉头，喷了除臭剂，然后蹲在马桶前。看到像花儿一样敞开的热乎乎的卫生巾，她确信，女卫生间比男卫生间更脏。

“卫生纸用得也更多。”

琪玉女士觉得，整齐地卷起用过的卫生巾，或者排便之后冲洗是非常容易的事。可是这么容易的事，人们却不肯做。胡乱写在墙壁上的陌生文字，把刚刚清扫过的地板弄得脏兮兮，这些都算可爱的行为。或许是飞行之前紧张的缘故，有人在“暴风腹泻”之后不冲水就逃跑，有人不知道在里面做了什么，地上掉了二十多根金色的阴毛。堵塞的马桶下水口发现了波鲁鲁①的脑袋，或者纠缠成团的耳机、旧式手机，那都不算什么了。国际机场本来就是奇怪玩意儿的集结处。尤其卫生间，更是全世界人们抛弃排泄物的地方。整个大陆的灰尘都堆积于此，各种颜色的体毛都可以在这里找到。仅是阴毛，就有金色、银色、红色、黑色、褐色、深褐色……不管什么颜色，都要由琪玉女士清理。垃圾筒里的东西更是多种多样。琪玉女士曾经高举一只被丢弃的登山鞋，晕头转向地看了许久。也曾重新拼起一张背景是珊瑚色的大海，被撕成两半的亲密家庭合影，好像是东南亚的海吧？看日期是最近拍的，

① 韩国国宝级卡通人物。

怎么会在这儿呢？她百思不得其解。还有分明是故意扔掉的奖杯或纪念牌、作者签名的书。也不乏并非故意抛弃，而是遗失，也就是不小心弄丢的东西。琪玉女士把这些东西保存在清扫箱，交给办公室或者失物中心。有时也会根据联系方式直接找到主人。

完成一轮马桶清扫工作，挺起腰板走出来的时候，一个孩子正在洗手池边呕吐。六岁？要么七岁？一个留着黏糊糊的平头、穿着背带裤的男孩。旁边的女人应该是孩子的妈妈，正在拍打孩子的后背。洗手池的水龙头一直开着。旁边的几个人面露不悦，唯恐避之不及。琪玉女士赶紧走到他们身边说，不能吐在这里。孩子妈妈只是瞪了琪玉女士一眼，没有理会。琪玉女士有点儿生气，还是尽可能有礼貌地说，请吐在儿童马桶里。孩子妈妈看也不看琪玉女士，平静得出奇地说，孩子吐在这里，我有什么办法？孩子又发出“哕”的声音，少量呕吐物喷到洗手池上。琪玉女士焦急地看了看下水口。可是……呕吐物的颜色有点儿奇怪。像大红色的粥……挺漂亮。琪玉女士好奇地看着。这时，一个大块头女人走进琪玉女士和孩子妈妈中间。那是个上了年纪、看似颇有来历的俄罗斯女人。女人一手摸着流动的水，另一只手抓着手机，大声说着什么。肩上背着假冒的古驰背包，和琪玉女士的一模一样。琪玉女士大吃一惊，最韩国的果然最世界！琪玉女士盯着提包，孩子妈妈抽出一张纸巾，冷静地帮孩子擦了擦嘴角，然后照了照镜子，拉着孩子的手，从容地离开卫生间。

“请等一下。”

琪玉女士不得不叫住她。本来想让她离开算了，可是看到客人的遗失物，总不能视而不见。

“您忘了拿这个。”

琪玉女士把放在洗手池上的纸盒递过去。隔着微敞的缝隙，她看见了里面的东西，二十多种颜色的新鲜马卡龙套装。每个两千多元，盒子表面贴着某酒店面包房的商标。琪玉女士不知道那叫“马卡龙”，不过她知道自己手里拿着的点心是新的，满满一盒。孩子妈妈抬起白皙的脸，看着琪玉女士说：

“我没忘。”

“力士金”清扫车从琪玉女士面前经过。日光灯的光芒在干干净净的人造大理石上华丽地闪烁。负责垃圾分离收集的女同事每天从早到晚，忙着把人们喝剩的饮料倒进空桶，越来越憔悴了。机场里最多的垃圾就是饮料罐和饮料瓶。电子屏幕上有条不紊地播放着各国航班的出发时间和到达信息。上面的内容随时变换移动，传递着天上的状况。电子屏幕上的罗马字母和数字像写满黑板的数学公式，复杂而清晰，透出几分庄严。那些数字立刻就会让某个人飞翔。已经在载人途中，或者困住许多人，这也是各国公式所行使的职责。琪玉女士皱着眉头，仔细观察飞往澳大利亚的航班信息。她想知道这个国家距离韩国有多远，需要飞几个小时。除去起飞时间和着陆时间，琪玉女士计算着到那里的距离，自言自语道，遥远的国家……她开始好奇那个国家的汇率、风俗、天气之类。倒不是她想去，而是她觉得，英雄也许不知道这些……凡是与“国际”或“世界”相关的内容，琪玉女士几乎一无所知。她不知道大洋洲在印度洋还是大西洋，不知道北美和南美哪个大，也不知道世界上还有名叫蒙特内格罗①、安提瓜和巴布达的国家。不过琪玉女士知道，世界上有两种国家，能去的国家和不能去的国家。不仅如此，琪玉女士可以通过观察区分出本国人和外国人，初次出行的人和经常出行的人。即使在亚洲人群中，琪玉女士也能区分出韩国人、中国人和日本人。同时她也能看出谁是“来韩国赚钱的人”，谁是“来韩国花钱的人”。那些来他国赚钱的人，表情、姿态和眼神都有点儿异样。即便他们不想表现出来。就像有人在地铁里看到琪玉女士的面孔，对她的“生活”做出判断一样。就像穿着低腰裤子坐下去的时候露出的尾椎骨，像腰部的肉。很奇怪，这些东西终究会暴露。

---

① 即“黑山共和国”。

距离下班还有四个小时，琪玉女士已经疲惫不堪。绝经以后，她动不动就发烧，脸色通红，今天又感觉胸闷，冷汗直冒。航站楼有很多窗户，只是通风不好，空气有些混浊。候机厅和登机楼周围的几万块玻璃不能算“窗”，倒更像是“墙壁”。重点不是通风，而是安保和视野。再加上为了空调保温效果和降温效果，也要做成“打不开”的窗户。琪玉女士感觉眼睛僵硬，还伴有忍无可忍的困意。偶尔咧开嘴巴打哈欠的时候，也要担心组长和部长认为自己偷懒。她在旁边的饮水台喝了凉水，顺便让自己清醒清醒。身上的烧还没有退，她又喝了几口。很想摘掉憋闷的头巾，可是不能。如果在客人面前暴露了自己难看的一面，弄不好会被公司开除。到目前为止还没人说什么，那是因为管理层还没见过琪玉女士的头。自从严重脱发之后，琪玉女士在职场里总是戴着头巾和帽子。这里的大部分员工都戴着美好的“面具”，一切都那么干净，宽敞明亮。她不想在这样的地方被人视为污点。琪玉女士很清楚，清洁的第一原则就是除去污点。琪玉女士的头就像笑星用作道具的假发，中间部分光秃秃的，像章鱼。起先只是 500 元硬币大小，不知不觉变得像西瓜那么大了。这在斑秃症状中也算罕见。她一边挪动脚步，一边注视远方。窗外，一架小型飞机画着射线，缓缓起飞，隐约可见机尾标志。琪玉女士不知道是哪个国家的飞机。对于琪玉这个年纪的女人来说，确实很难记住在仁川通航的六十多家航空公司的名称。没这个必要，琪玉女士也不着急。比较熟悉的有大韩航空和韩亚航空，以及刻着大枫叶的加拿大航空。像俄罗斯航空、加鲁达印度尼西亚航空、美佳航空就不容易记住了。琪玉女士也不想知道。有件事让琪玉女士经常感到疑惑。她多次想要理解，最终还是没能找到答案。

“为什么人们这么轻易地丢弃东西？”

清扫工作一遍遍重复。这边差不多了,那边又脏了;那边整理好了,这边又乱了。琪玉女士默默地做着自己的工作。只要再坚持几十分钟就行了,而且明天是休息日。厨房有收拾好的食材,还有……还有,信!琪玉女士这才想起包里有邮件。本来想珍藏起来,有空仔细看,慢慢看,因为太忙，竟然忘了。一旦想起这件事，她就着急起来，很想马上就看信。琪玉女士迫不及待地经常看表，盼望工作快点儿结束。不一会儿，到了下班时间，她逃跑似的离开停留了八小时的空间。走着走着，忽然看见部长和一个女人严肃地面对面站着。仔细一看，原来是和自己打扫同一层卫生间的女人。琪玉女士心里对她充满了敬意，因为她偶尔能用简短的英语和外国人说话。尽管只是非常简单的单词，语法也乱七八糟，但在琪玉女士看来却相当了不起。女人住在富平，人们都叫她“富平大嫂”。保洁员大部分都佩戴名签，但是几名保洁员私下里这样称呼。琪玉女士掩饰住目光中的好奇，缓缓地走过他们中间。不一会儿，部长粗鲁的声音传到琪玉女士耳边。

“妈的，谁愿意过节上班啊……”

手疾眼快的富平大嫂急忙回答：

“哎哟，是啊，突然撂挑子，这叫人怎么办啊！”

“现在的大嫂们真是不负责任，没有责任感……”

富平女人生怕殃及自己，连忙小声维护同事：

“她生病了……很严重。”

部长立刻提高嗓门儿：

“妈的，谁信啊？”

说完，部长翻找装香烟的上衣口袋，眼睛看向别处。

“算了，您来吧。”

富平女人这才明白是怎么回事，暴跳着说：

“什么？”

琪玉女士一边远离他们，一边竖起耳朵。候机楼里嘈杂的噪声之中夹杂着“下次我会好好……”“中秋节，我一下子去哪儿找人……”之类的话。像往常一样独特的语气，不是拜托，也不是命令。不一会儿，富平女人的大嗓门儿传来，不知道是因为哽咽，还是生气。

“哎哟，不行啊，我也不行。我儿子和儿媳从木浦过来，不，现在已经到了，我要是不回去，他们连门都打不开。”

和同事们随便聊了几句过节的事儿，琪玉女士就离开了办公室。她没有直接回家，而是在航站楼附近的长椅上坐了一会儿。从登山 T 恤到宽檐帽子，都和从家里出来时一样。琪玉女士手中静静地拿着布质的古驰提包。她把提包放在膝盖上，又从皱巴巴的传单中间找到白色信封。本来想在公交车上读信，却又担心车上和来时一样拥挤，想等到回家，恐怕忍不住。今天琪玉女士也需要这封信。

信是英雄寄来的。英雄是琪玉女士三十多岁才好不容易得到的独生子。孩子爸爸早年去世，孩子几乎是琪玉女士一个人养大的。英雄的爸爸对家里的事情不管不问，只喜欢外出游玩。新年伊始，他去江原道牟山看日出，却在绝壁上失足而死。当时他正背对着刚刚升起的太阳，冲着相机摆好姿势。英雄爸爸只是不管家务，平时很喜欢开玩笑，是个乐观的男人，临终之际还在笑着说“茄子”。从那之后，琪玉女士什么苦活累活都干。她要养育儿子。英雄也是沉默而踏实的孩子，健康成长。最近正努力打工，说是要去澳大利亚进修语言……妈妈也曾腼腆地承诺过，一定会送他去国外旅行，哪怕不是什么了不起的旅游胜地……没有个性地聚集在导游的旗帜之下，适度受骗，买回劣质的纪念品，哪怕挨宰也没关系，也就是这样的旅行。现在，英雄却在教导所里。这孩子从不惹事，大学毕业后参军，退伍后却偷了别人家的快递，突然间沦为罪犯。他是初犯，本来可以从轻发落，可是看到追上来的快递员，他一时慌张，竟然抬脚踢了快递员。因为偷窃和暴力，英雄被判了刑。后来听说儿子在网上出售赃物，想赚出进修费。琪玉女士问警察里面有什么，警察却反问，什么有什么？她继续追问，英雄拿着逃跑的箱子里装了什么。值班警察迟疑片刻，看了看资料，回答说是吸乳器。刚刚分娩不久的产妇订购的德国产丝韵吸乳器。起先琪玉女士没听懂这个单词，不过是什么都不重要了，反正英雄也不可能知道。也许是蟹酱，也许是调查结束的问卷，还有可能是折叠蚊帐……这些卑微而具体的名字太过生动，琪玉女士无力地笑了。怎么会如此容易？一个和睦的家庭，怎么如此轻易地被摧毁了？她想不通。从那以后，琪玉女士就开始脱发了。开始她没有在意，可是每次洗完梳头的时候都会掉一小把头发。尽管这样，琪玉女士还是不动声色，每周都去探望儿子。每次在报纸上看到健康美好的报道，她都会拿剪刀剪下来，寄给儿子。十六岁英国少女滑雪到达南极；十一岁的日本失明少年用十四小时跑完马拉松；第一位听觉障碍工程学博士诞生，都是这类报道。英雄对这些深恶痛绝。琪玉女士却不知道。英雄从未往家里打过电话，也从未找过妈妈。儿子仿佛变了个人，琪玉女士心急如焚。每到休息日，她还是准时去看儿子。英雄对妈妈没有歉疚，也没有感激。前不久，琪玉女士和儿子发生了轻度的争吵。虽说不一定是这个缘故，然而琪玉女士已经两周没去探视了。这样一来，她自己心情也很不好，每天夜里翻来覆去睡不着……她想过再去看儿子，可是又希望至少这一次，儿子能主动联系自己。没想到今天真的收到了英雄的信。除了小学时代老师布置的父母节贺卡，这还是琪玉女士第一次收到儿子的信。琪玉女士小心翼翼地打开纵向折了两次的A4纸，开始思考该怎样写回信。好久没拿笔了，写一句话需要耗费很多精力。这也是琪玉女士不给儿子写信，却寄剪报的原因。琪玉女士打开信纸，激动地看里面的内容。画有几十条横线的白色信纸上只有一行字，用的是圆珠笔，笔迹很用力。

“妈妈，给我买点儿零食。”

……刹那间，琪玉女士像傻子似的翻到背面。说不定背面还写了什么，可是信纸背面、前面都没有别的内容，连句“您好吗？”“我想您”都没有。只有最后一行写着：妈妈，给我买点儿零食。

琪玉女士摘掉帽子，放在椅子上。整整一天都很闷，胸口发热，难以忍受。几个经过身旁的人“哎哟、哎哟”地看着琪玉女士，仿佛自己受到了什么伤害。琪玉女士并不介意。她抬起头，望着远方。晴朗洁净的夜空,挂着又大又圆的月亮。“中秋”意味着秋色最美的夜晚。距离节日还有两小时，月亮已经接近圆满。望着满月，她想起早晨气象员说的话，高气压、黄金周、全国、晴朗，也许这些都是对的。全国的今天总是晴朗，明天肯定也是晴天……可是不知为什么，琪玉女士的心里却一直凉飕飕的。也许是因为额头发烧，胸口吹了风。据琪玉女士所知,机场里说得最多的单词就是“出发”和“到达”。此时此刻，琪玉女士的表情就像站在几千个标示牌下面，不知何去何从的孤儿。哈啊，琪玉女士淡淡地吐了口气。肚子饿了，嘴里散发着苦味，她这才想起今天还没吃东西。刚才塞进包里的马卡龙突然浮现在眼前。一个妈妈放在那儿的。她觉得扔食物是罪恶行为，而且很可惜，于是就收了起来。琪玉女士翻找自己的古驰提包，拿出高档纸盒，注视着五颜六色的马卡龙，漂亮得不忍心吃下去。鸡蛋、牛奶和白糖等基本材料不变，有的加入松菇和鹅肝，有的加了酸橙和玫瑰。琪玉女士从中拿出粉红色马卡龙，呆呆地盯着看。她的神情之中混合着不安和好奇。马卡龙和 500 元硬币差不多大小，是完美的球形。琪玉女士张大嘴巴，咬去一半。她先是轻轻一颤，哎呀，好甜！继而小心翼翼地品尝着法国传统点心浓郁深邃的甜味，柔软松脆的口感。不一会儿，琪玉女士的脸色暗淡下来，哭丧着脸，低声嘀咕：

“为什么这么甜……怎么可以这样甜……”

一阵风吹来，琪玉女士文胸上盛开的假花，不知名的异国热带植物似乎在轻轻摇摆。所剩不多的头发也在无力飞舞。一旦有什么东西刺激了肠胃，更剧烈的饥饿感汹涌而来。她感觉到胸口泛起阵阵凉意，望着双颊长了老年斑的月亮，露出光头的大月亮。沙沙——她把手伸进袋子，拿出一个黄色马卡龙。

过了一会儿，琪玉女士又走进航站楼，斜着身子在卫生间的免费饮水台前润了润喉咙。舌尖上弥漫着自来水特有的铁腥味，不过还好。以前在百货商店工作的时候不能小便，不能喝水，而且负责监视的人事科职员还会问，大嫂你为什么不笑。在这里，很多时候也需要微笑，不论心情如何，然而感情支出要比直接对着人脸卖东西时少。不知道是幸运还是不幸，有时人们并不知道琪玉女士在那里，或者即使看到了，也视她为不存在。这就像很多人把烟灰缸和烟灰缸清理工、电梯和电梯清洁工视为一体。琪玉女士用袖子擦了擦嘴角，然后握着拳头，鼓起勇气，朝着正在和别人闲聊的部长走去。

“您好……”

琪玉女士艰难地开口。

“我是说……刚才那件事。”

被打断谈话的部长似乎有些烦躁，有些不耐烦地回应道：

“什么？”

“有人说做不了，突然撂挑子那件事。富平大嫂好像不想做。”

部长惊讶地盯着琪玉女士。

“那又怎么样？”

戴头巾的人群一窝蜂地拥过部长面前。两人之间流过短暂的沉默。不一会儿，琪玉女士鼓起勇气，像对喜欢的男人告白似的，不知道是因为兴奋，还是羞涩，瑟瑟发抖地说：

“那件工作……我来做可以吗？”

琪玉女士话音未落，部长的脸色就变得铁青。琪玉女士没有意识到，还天真地眨着眼睛。看过儿子的信，她神情恍惚，没想到自己在长椅上落了什么东西。琪玉女士以为自己在向上司询问意见，然而在部长看来，这个场面却是头顶的头发全部掉光，看上去像癌症病人的女人不分青红皂白地找到自己，询问是否可以值夜班。部长认识琪玉女士的面孔，试图掩饰自己的慌张，只是他的瞳孔却瞪得很大，瑟瑟发抖。仿佛看到的不是惊人的一幕，而是可怕的东西。

夜里十点多，世界比刚才更黑了。刚刚到达韩国的孟加拉青年不知道今天是什么日子，瞪大眼睛，注视着初次见到的情景。相信新郎肯定是好人的越南姑娘望眼欲穿，寻找着前来迎接自己的韩国男人。飞机班次越来越多，人员越来越少，一名疲惫不堪的飞行员，努力不去在意刚才制服掉了一颗扣子可能预示什么。出差在外，为了减少出轨的愧疚而给妻子买了围巾的中年男人，正在免税店的信用卡账单上签名。无精打采地看 iPad 的小学生正在做作业，查询谚语“穿衣当如出嫁时，吃饭当如中秋日”是什么意思……在红灯区中央高举双臂的巴基斯坦男人像罚站，举着写有“部队火锅”字样的木板。几千盏照亮飞机起飞点和着陆点的航空灯宛如银河，在广阔的滑道上闪烁。一个眼神空洞的女人戴着头巾，擦拭候机楼卫生间的地板。这样的夜里，一名小学生因为妈妈中秋节也要去超市上班而进入总公司网站，留言说：“18，A 超市，明天停电一整天，去死吧。”安检入口附近不时传来“沙扬娜拉”①“陶金思”②“Good-bye”“慢走”“再见”“我会给你打电话的”“我会给你写信的”“回去吧”“别哭了”之类的声音。明天是中秋节。

① 日语“再见”。

② 荷兰语“再见”。

角质层

*

不是雨季，却接连下了几天的雨。几天不在家，马桶里都生出了跟头虫。好像是花粉或蛾子粉尘通过窗户带进来的。按下冲水按钮，蠕动的跟头虫随着旋涡消失了。构成世界的物质出人意料地容易腐烂。擦地，腾空冰箱，往浴室里喷了酸性洗涤剂之后，我躺在地板上。油地毡冰冷的气息直抵脸颊。外面不断传来噪声。那是汽车画着犹如星星轨迹般的长尾巴行驶在公路上的声音。感觉疲劳缓解了，身体里的血液也恢复了正常的速度。我像死了似的趴了会儿，竟然在地板上睡着了。偶尔传来救护车的警笛声和摩托车的噪声。陨石没能进入睡梦深处，只在梦境之外撕破凌乱的星云，一闪而过。我蜷缩起身体。我想，我已经平安地回到了首尔的节奏。

前不久，我去了趟外地。这是我进入公司以来第一次出差。没有旅行箱，就跟住在富川的朋友借了一个。朋友哼哧哼哧地拖着和自己身体差不多大的旅行箱来到钟路，我又带着它来到水踰。没有不行，买又觉得可惜，于是就借来用了。等到要还行李箱的时候，我很后悔。我不能因为旅行箱而乘出租车去富川。有打车的钱，还不如当初自己买个行李箱。我也想过用快递寄给朋友，不过我给朋友带了礼物，只好上了地铁。正好相约见面的前辈也住在富川站附近，我请前辈对我的新药营销计划提提建议。白天的地铁里冷冷清清。硕大的旅行箱和我面面相觑，像初次见面似的。每当列车颠簸的时候，我内心深处和旅行箱里空洞的黑暗也跟着不动声色地摇摆。

*

出门之前，我在鞋架前纠结了很长时间，手里分别拿着 4 厘米和 9 厘米的高跟鞋。想到还要坐地铁，我就放弃了穿高跟鞋的念头。平时我对公交路线不熟悉，经常乘坐地铁。踏着像海螺一样朝地下无限延伸的台阶，需要换乘三次的时候，一天要走一百多级台阶。每当这时，我都怀疑自己是为了攀登几千级台阶才来首尔。纠结了一会儿，最后我选择了4厘米的中跟鞋，很快又换上了9厘米的高跟鞋。那是一双手工鞋，价格很贵，只是因为不舒服，平时很少穿。穿着高跟鞋，沿着台阶走下五楼。每当我小心翼翼地迈出一步，半空中就发出当——当——的声音。我生怕摔倒，内心很是不安，然而鞋跟带来的紧张感却使我感觉到久违的兴奋。鞋跟拉动全身的新鲜感很是刺激，尤其是当我想到不适也是特权的时候，就更加兴奋。紧张的脚步和城市的弹性也很协调。穿着高跟鞋的我，似乎也更得体了。今天，我也尽可能在更多人面前表现自己的“得体”。为了展示知性气质，我穿了黑色的短裙和蓝色的衬衫，腰间夹着无带提包。一点钟，婚礼在明洞举行。

雨水聚积在破裂的柏油里。洁白的樱花漂在黑色的水坑表面。尽管穿着紧身短裙，我还是尽可能迈了一大步，嗖地从水上跨了过去。映在污水里的蓝天支离破碎，轻轻摇曳。不能弄湿皮鞋……泥水总是溅上小腿。信号灯附近，草籽在阳光下飘浮。我的目光追逐着宛如积尘般慵懒却又敏捷地移动的花种。充满种子的季节，仿佛世间所有的植物都在呼喊，我活着！我还要继续活下去！同时向四周分发传单。我抽动鼻翼，呼吸着繁殖的力量，进入肺部深处的却是汽车尾气。那种软绵绵的腥气还是让我心潮澎湃。这也许是因为我对自己今天的打扮很满意。屡屡遭受白眼、经历种种失误之后，我总算拥有了自己的风格。为了得到这个让我安心的基准，我花了很多钱，以至于在商品中间散步的时候，我变成了严格而柔和的人。我知道自己想要什么，从容不迫。我也准确地知道自己不想要什么，因此又很苛刻。以前我觉得自己有可能是错的，自从抛弃这份疑虑之后，我对购物就充满了信心，想要的东西也增多了。我的变化很单纯。以前是以装饰或者色彩为主选择物品，现在更多的看质感和线条。最重要的当数线条，经常被人说成“显瘦”的商品的整体姿态。穿好衣服，不仅意味着衣服的价格和质量，还意味着美好的轮廓。前不久我才明白这点。即便不是名牌，至少也有了识别高档货的眼光。等信号灯的时候，我在商店门前的不锈钢柱子上照镜子。不是很惹眼，却表明自己主张的正装；从百货商店特价卖场买来的手提包，不是很贵，也不便宜；质感淡雅的牛皮鞋。四月，我去参加不是特别要好的朋友的婚礼，喜笑颜开，像个书包里装着满意的成绩单回家的孩子。

地铁入口有位老奶奶在摘桔梗。刚刚剥掉外皮的桔梗弥漫着清香，香味痒痒地掠过鼻尖。对面小摊上的白色樟脑丸在阳光下闪烁。春天，每走一步都感觉大腿的肌肉软绵绵的。人造丝绸的内衬席卷腿部时感觉到的猥琐，线头散落，身体松懈的感觉。二十八岁，马上就要三十岁了。我的身体正在适度而充分地成熟。经历过几次恋爱、求职和搬家，我对自己的身体也有了更多的思考时间。比起懵懵懂懂地初到首尔，为自己的购买力而尴尬的二十岁，我的身体更加健康。感觉是自己在照顾自己。消费谨慎而羞涩地进行。去超市不买普通卫生纸，而是买无荧光剂纸巾。拿起碳酸饮料，最后总会换成新鲜果汁。我吃的豆腐价格比普通豆腐贵几百元，却是用柔软的国产黄豆做成的。出于好奇，我使用比普通卫生巾贵两倍的有机材质的卫生巾。起初我有点儿愧疚。如果不在生活用品方面节约，恐怕很难攒下钱。我怀疑自己出手越来越阔绰，眼光越来越高。每当坐在马桶上撕卫生纸的时候，每当柔软的豆腐碰触食道的时候，我都会感到兴奋和满足。如果这种“心情”也可以购买的话，我愿意“继续”。这种程度不算浪费，而是经济上的幸福。总比男人们花几十万元喝酒要好吧，我安慰自己。这个要用很久呢，这个也是常用的，我以此为根据，挑选不该买的东西。我贪恋“稍微好点儿的东西”，比如不是普通熨斗的蒸汽熨斗、不是普通吹风机的负离子吹风机、日本生啤、手萃咖啡、用超浓缩精华液浸泡过的面膜……眼光一旦高了，就很难再降低。同事们的建议也促使我这样做。她们都保持着类似于“别的不管，这个必须”的固执和习惯。别的不管，提包必须选贵的。别的不管，化妆品必须用好的。常穿的外套必须是高档品牌。女人的发质是生命。皮肤是名片。“至少什么什么”的目录越来越多。一切都很重要，很多东西都必不可少。我并没有被这样的需要追赶。我依赖这些需要。消费让我感觉到自己正在参与大城市旺盛的生产活动。我也从属于这种新陈代谢的感觉，也就是在我支付账单的时候，我可以得到某种暗示，我可以更好地进行生产活动。大学毕业后，我接连几次在媒体公司的考试中落选。我想做电视台制片人，却又没有勇气长时间学习，赶忙把目光转向外国制药公司。工作三年，没攒下多少钱，容貌却比以前好看了。不单是皮肤整洁，而是包括所处的环境、营养状态、心理安全感、从容、自信等所有因素在内的“总体脸色”。当然，有人天生就是这样的面孔。艺人或名流大抵如此。我憧憬这样的光芒，同时也反感。因为感觉他们健康得过分。不过我终究还算是追随同龄女性潮流和规则的人。进入公司之后，我从银行借了职场人贷款。首先拿这些钱换了房子。虽然只是位于首尔郊区的普通单居室，可是在我以前租过的房子中算是最宽敞、最舒适的了。最初的舒心渐渐变为贪欲。为了重复体会定居的感觉，我经常买各种东西装饰房间。对于薪水发放日期的确定和期待，加重了我对更漂亮物品、更时尚物品和更安全物品的关注。我常常盼望生活质量能够再提高一拃……9 厘米也好。奇怪的是，那么多东西当中，竟然没有“恰到好处的一拃”。要么不够，要么超过。也许这世界本来就不是按照欲望的尺度定价。我还年轻，赚钱的日子还很多。怀着盲目的乐观，我总是选择超过一拃。而且我认为自己有资格做出这样的选择。

双臂微张，保持平衡，我沿着地铁台阶走下去。穿高跟鞋的时候，下楼要比上楼更小心。天气很好，胸口和腋窝很快就出汗了。走进地下通道，陈旧的水泥气味扑面而来。那是给人以“避难”感觉的阴影的味道。我从包里拿出手机看时间。突然，我像预先想好或者假设预感成立似的，视线停留于指尖。

“怎么办？”

我转头看了看地下通道入口。透过方形洞口的阳光刺得眼睛酸痛。或许从提前一小时出门的瞬间开始，我就在思考“手”。明明已经决定了，明明是考虑到各种可能性才出门，可我还是有点儿犹豫。不一会儿，我又朝明亮的光芒走去。

商店外壁全部都是玻璃窗。我像个笨贼似的躲在附近的柱子后面，观察动静。手足基础 1 万元；常规 1.5 万元；贵宾；脱毛；文眉……玻璃壁上贴着覆膜纸做成的服务项目列表。基础是什么，常规又是什么？ 1 万元，够买五六块国产豆腐了。正当我犹豫不决的时候，我和老板娘目光相遇了。她迅速捕捉到初行者的迟疑，冲我莞尔一笑。我想离开，最后还是推门进去了。那是春天，里面已经开了空调。店里有位姑娘正挽起裤腿洗足浴，还有一位阿姨在美甲。两名稚气的美甲师正殷勤地陪她们聊天。凭借多年的消费经验，我知道自己暴露出了胆怯，于是努力表现得自然，仿佛自己很熟悉这一切。我也不想显得太俗气，于是故作谦虚，像个受过教育的人，告诉对方，我尊重你，我不是傲慢之人。每次老板娘都能立刻看出我是新手，盘算着怎样对付我。时而轻蔑，时而鼓励，促使我完成了登记和消费。“我花的是自己的钱，为什么要受这种折磨？”郁闷之中，我还是出于自尊而打开钱包。这是常有的事。

“这次我不会陷入圈套了。”

我挺直腰板，坐在没有靠背的椅子上。今天是个特殊的日子，整个学生时代都和我竞争的朋友结婚了，很多大学同学都会参加。我尽量不让对方感觉我很在意价格，同时缓慢地浏览价目表。如果接受彻底的足部护理需要 5 万以上，美甲只需 5000 元，倒是可以一试。反正脚藏在鞋里，谁也看不到。系着棉布围裙的老板娘走了过来，胸口和小腹周围沾了很多污迹。

“以后来要预约。”

这是我第一次来美甲室。两年前，我发现附近开了这家美甲室，当时怎么也没想到自己会成为顾客。说实话，我对通过玻璃窗看到的女人怀着隐隐的轻蔑。那时美甲还没普及，看起来她们比花钱买衣服和护肤的女人更懒惰，也更奢侈。价格比高价手提包便宜，只是小小的浪费罢了，不知道我为什么用那么苛刻的眼光打量她们。我在农村长大，在那里生活多年，不由自主地学会了克制。也许是这个缘故，我觉得美甲是极端奢侈的行为。因为指甲最难掩饰，名牌提包和钻戒也无法遮挡。或许是这个缘故吧，虽然我是自愿走进来，可是坐在里面，我总是像犯罪似的忐忑不安。当然了，这也是兴奋和好奇的搏动。

“您要做什么？”

我说，我要美甲。女人拉着我的手看了看，说这样不行，让我先做护理。

“护理？”

女人像背台词，程式化地解释起来。护理就是去除指甲周围的角质，涂抹营养液。“基础”项目指的就是这个过程。如果愿意，还可以增加按摩或者面膜服务。听她的意思，如果不护理而直接美甲，那就等同于不使用洗发水，直接涂抹护发素。

“那就给我做护理吧。”

我在心里暗自庆幸。几天前指甲周围生出很多毛刺，我正为此苦恼不已……酸痛、沉闷，还有种怪怪的瘙痒感。护理加美甲，合起来是 1.5 万元，超出预算，这让我有点儿郁闷，感觉自己又输了。

“您是第一次来吧？”

我坦率地说，是的。女人面露喜色，劝我办会员卡，说这样更划算。基础护理是十次 10 万元，如果再加上美甲，也就是常规套餐是 15 万，可以自由使用法式印花加渐变、蜜蜡面膜等服务的贵宾套餐是 25 万。她说这里算是便宜的了。如果成为会员，还可以赠送几次面膜或美甲。我极力做出“啊，价格也不是很惊喜”的表情。女人又劝我购买个人专用营养液。她说这里的会员都这样。我看到在她背后摆成一列的两百多瓶营养液。我下定决心，“就今天一次，以后再也不来了”，搪塞着说今天做完了再决定。

“护理几天做一次？”

“营养液两三天搽一次，精油最好经常搽，有空就搽。护理每周来做一次，姐姐是第一次，以后要按时来做。”

这么小的身体部位，竟然需要投入如此大量的时间和精力，我很吃惊。更让我感觉新奇的是，那么多人心甘情愿，自然而然地享受这种从容和权利。丙烯树脂板上陈列着几十个指甲模型。老板娘突然问我，知不知道指甲这个词从哪儿来。

“据说来自角，角。”

“啊，真的？”

“当然，我学美甲的时候在网上查过。”

尽管这只是老板娘为了讨顾客欢心而随口说说，然而我的脑海里还是浮现出一群女人，像站在河边的小鹿一样虔诚地互相舔舐对方的鹿角，以及从指尖无限延伸的十个美丽的长角。

“营养液，需要吗？”

“啊，是的，嗯，多少钱？”

“4 万元。”

女人补充说：

“今天一起做了吧。这里白花花的，还有死皮，都是因为太干燥。”

女人向我展示带玻璃吸管的淡绿色小瓶子。我含糊地笑了。善于察言观色的女人转移了话题：

“对了，您想喝什么茶？”

女人准备咖啡的时候，我往四周看了看。店里装饰成紫色调。深紫色的天鹅绒坐垫和椅子，淡紫色的壁纸，仿水晶吊灯，到处弥漫着的令人愉悦的化学药品的气味，似乎是想营造优雅而高档的氛围。我突然感到疑惑，“紫色会不会是自己想象出来的色彩，人家追求的是接近白色或淡绿的颜色？”我为自己沉浸于这种抽象的想法而自惭形秽。女人端来咖啡。我理所当然地期待是现磨咖啡，没想到竟然是去除咖啡奶精的速溶咖啡。

“请把手放在这儿。”

我恭顺地把手放到铺有纸巾的桌子上。

“姐姐的手太干燥了，指甲薄得像纸。”

“哧哧”——女人往外形酷似铁钳的金属工具上面喷洗涤剂。

“要是疼就说一声。这里也是肉，会疼的。”

还在富川的时候，我就想护理指甲周围的部位了。以前我从未关注过手，不管是自己的，还是别人的。像平时从不注意任何人的肚脐眼儿，不能通过肚脐眼儿评价、蔑视和羡慕任何人。可是那天，见过前辈姐姐之后，我总是不由自主地关注手，就像第一次意识到自己的性器官，因而感到羞耻的夏娃。一旦知道了什么，就难从中摆脱。这几天我经常不动声色地偷窥别人的指甲。会见客户的时候，和公司同事喝咖啡的时候，站在抓着公交车扶手的女大学生面前的时候也是这样。护理指甲的女人多得超乎想象。有的一看就是在店里做的，还有人坚持不懈地自己护理指甲。对她们来说，护理指甲似乎和洗头发、洗澡一样平常。我对自己过于严肃地看待指甲护理而难为情。起初我也想凭自己的力量护理指甲。可是我不知道该怎样做，而且我的手比较笨，不会一丝不苟地做好某件事，所以没等开始就打起了退堂鼓。我也不想去美甲店。我不具备尝试新事物的性格和勇气。几天之后，这份虚荣心就会消失的。于是我等待……某个瞬间，我不再“思考”

指甲，我被指甲“吸引”了。

去富川那天，跟前辈见面之前，我先见了朋友。饭店提供饭后甜点。那是一家意大利空心面店，在附近很受欢迎，餐布和窗帘却又旧又土气。我请朋友吃饭，把从庆州买来的木制工艺品送给朋友做礼物。朋友说，如果以后需要旅行箱，可以随时告诉。我难为情地笑着摆手。一方面是不好意思，一方面也是不想麻烦，再次拖着旅行箱从钟路到水踰，从水踰到富川。朋友看上去有些疲惫。她毕业于专科学校，原来在旅行社工作,后来辞职在南山顶的咖啡厅里打工。前不久还叫“南山塔”，现在已经改名为“N 首尔塔”。享受经理级待遇一年多了，不过工资似乎还是很少。她说想攒钱学习图案设计。我和她是高中时代的好友，后来上了不同的大学，稍微有点儿疏远了。朋友喝着饭后送来的咖啡，提议说今年夏天一起旅行。她想去泰国或日本玩几天，散散心。她说提前预订机票的话，可以得到很优惠的价格，然后和盘托出了自己总结的各种旅行常识和省钱方法。她本来就是这样，说起旅行来就魂不守舍。她家里不是很富裕，千方百计打工赚钱，翻看各种折扣网站，制订计划。不过，大部分决定都因为突然发生的灾难、债务、事故而归于破产。即便如此，对于为了赚大学学费而经常休学的朋友来说，旅行依然是仅有的快乐和奢侈。相反，我的性格则是提起旅行就嫌麻烦。与其出门游玩，我更喜欢在家休息。我需要的不是旅游的感觉，而是定居感。但是那天，朋友说起去泰国的时候，不知道为什么，辽阔的海滩和蔚蓝的天空浮现在眼前。我第一次在心里想，要不要我也休假？何况是去泰国。每个人都或多或少地有过海外旅行的经历，去一次泰国也可以成为回忆，可以当作名片介绍的回忆。

告别朋友之后，我在附近茶馆和前辈姐姐见面。毕业后一直没有联系，我觉得可惜，主动联系上了前辈。在学校，我们也只是打个招呼，偶尔有几句形式上的对话……这些年来，前辈在广告公司站稳了脚。听我说要见面，前辈有点儿慌张，不过还是马上就让我约时间。也许是因为性子急，也可能是成功人士并不讨厌给别人提建议的机会。进入公司三年，终于以自己的名义担负起一个项目。几天后要举行展示会，到时候我要在会上展示我的新药营销方向和战略。这是件至关重要的事情，不但影响到我的晋升，还对我的年薪有影响。在公司里也可以学习和获取信息，不过和前辈见面，听她说点儿有帮助的事情也没什么坏处。

她更漂亮了，我几乎认不出来。只是普普通通的成衣，然而气质和线条都与众不同。那是每天在紧张中度过，也得到相应认可和回报的人散发出的气质。她一只手搅拌着掺在咖啡里的冰块，说着广告界的内幕故事和女人在社会生活中的种种困难，以及公司内部的矛盾。那种炫耀的姿态让人感觉不太舒服。有些地方我也深有同感，因此并不觉得无聊。我们很久没见面了，前辈好像也不觉得尴尬。或许是因为她早就明白羞涩是社会生活的敌人吧。说着说着，前辈亲切地责怪我，说我的嘴唇裂了。

“你不是营销部的吗？”

“是的。”

“嘴唇怎么那样？不管多忙多累，都要把自己打扮得生机勃勃，这也是竞争力。这些都是自我管理。”

我舔着嘴唇，点了点头。我把值得记住的几项做了笔记，静静地听她说话。这时，我的视线停留在她的手上。光滑的十指轻轻蠕动，抓着凝结了露珠的杯子。指甲上涂了半透明的杏色指甲油，周围几乎没有茧子。一粒粒镶嵌在指甲上的半月整洁而均匀，显得那么美丽。尽管没有主动炫耀，然而她的手却又那么引人注目。我们谈天说地，你一言我一语地交谈，我不停地去瞥前辈的手。不仅是因为华彩和美丽。我之所以总是情不自禁地看她的手，是因为那双手看起来非常“整洁”。

“在上面烘干吧。”

我看到放在桌子上的塑料材质的圆形机器。手一碰到感应器，立刻发出嗡嗡声，同时吹出丝丝暖风。我伸出手，呆呆地坐着等了大约二十分钟。

基础护理比想象的细致和复杂。常规或贵宾套餐应该更具体。女人做的第一件事是拿细线挨个打磨我的指甲。每当她左右移动细线的时候，指甲碎末就如尘土般纷纷扬扬。我憋了几口气，避免吸入指甲末。她在指甲周围涂抹让角质容易脱落的溶液。先在指甲周围涂上精油，再用铁钳形的金属工具推磨和修理角质。需要的时间和精力都超出了我的预料。我为专业人士的手艺感叹，同时留心观察整个过程。女人用纸巾包好从十个指甲上刮掉的角质，拿给我看。我有些兴奋，像看到自己的大便欣喜不已的小孩子。女人开玩笑似的批评我，你太懒了，疏于手部护理。刚才在玻璃墙外看到里面的女人，我觉得她们懒惰，店里流行的却是相反的逻辑。女人拿棉棒卷起一团棉花，用丙酮浸湿，一丝不苟地擦拭指甲周围的异物，又用磨洗产品去除整个手部的角质，随后在手背放了热毛巾。热毛巾擦过手，女人给我擦了护手霜，利用油分均匀按摩手心和手指。女人把我的手指夹在她的指缝里，逐个轻弹。我感觉到一股刺激的电流。她在我的指甲上涂抹含有蛋白质成分的营养液，问我想要什么颜色。我选择了带亮粉的杏色。

女人把同样颜色的指甲油往指甲上涂了两次，然后又涂了称为“护甲油”的透明指甲油。指甲油彻底干透以后，每个指甲又涂了一层精油。加起来，这个“涂脂抹粉”的过程重复了十几次。平时搽在脸上的化妆品也不过五六种，每个过程都令我吃惊。女人的手不是在护理我的“手”,而是“手的细节”。淡淡的困意袭来,某个瞬间,我忽然心生冲动：“我想做护理，我想做保养，我希望有人永远像现在这样照顾我。”有人长时间耐心地摆弄我,装饰我,爱惜我,我感觉自己似乎变小了许多,好像蜷缩起来，睡在这个安乐的世界里。全部过程结束的时候，我张开海星一样的手，忍不住在心里欢呼：

“啊！指甲变得像糖果了！”

我找出钱包，女人说她帮我拿。因为不能让钱包拉链或其他物品划破指甲。她说至少要等一个小时，指甲油才能彻底干透。她嘱咐我今天要小心，同时从我的钱包里拿出 1.5 万元。自从见过前辈之后再也没修剪的长指甲更加俏丽了。不仅皮鞋、提包、项链，身体也可以成为饰物，这个事实令我新奇。或许身体才是最昂贵的饰物。我高举双手，在灯光下照了照。好漂亮，好整洁。我笑个不停，像个书包里装着优秀成绩单和奖状的孩子。女人安静地笑着说：

“下次您肯定会做出更大胆的尝试。”

说完，她把无带提包递给我，假惺惺地问我：

“怎么样，要不要办会员卡？”

星期六，明洞附近热闹得难以形容。很多通道都没有落脚之地，单是走过地铁入口就花费了很多精力。我穿着高跟鞋，踉踉跄跄地走向明洞教堂。四月份，热乎乎的天气已经和夏日无异了。大型卖场的麦克风里流出喧嚣的舞曲。小商店也不甘示弱，派出模特讲解员拉客。商人们用蹩脚的日语招徕游客，街头充斥着数千双眼睛，注视着橱窗。我对明洞街道不熟悉，看着附在请柬上的地图摸索前行。商店外面，空调室外机齐齐喷出的热气令人窒息。我做了精心打扮，然而妆已经脱落，腋窝也出汗了。

“在明洞教堂举行婚礼可不容易，她跟谁结婚呢？”

好像新郎是教师吧？朋友在大企业就职，嫁得又好，真令人羡慕。我又想，朋友过得好是好事，幸好不是好得过分。教师还算平凡，听说新郎长得很丑。早在很久以前，我就相信她一定会嫁给很优秀的男人。她是我周围为数不多的“长得好，学习好，性格也好”的人。出于嫉妒而蒙着被子怀疑和分析她的亲切，这样的事情时有发生。不过，她的确是单纯而乐观的人，所以我和她之间的距离始终没有缩短。人们摩肩接踵。为了不划破指甲，我小心翼翼地从包里拿出手机。除了拇指和食指，其余的手指敏感地展开。我可能会迟到。提前一小时出发，却因为美甲而迟到。穿过拥挤的人潮，我气喘吁吁地在路上徘徊寻找，终于到达通往明洞教堂的坡路。我用手遮挡阳光，站在原地，注视着十字架。

和所有的婚礼一样，很快就结束了。和所有的婚礼一样，只留下失落心情。其实婚礼结束的瞬间最暧昧。人们大多会没事找事地约会，和在婚礼上遇到的朋友一起喝茶，或者看电影、购物。要不要直接回家？这样想着，不知为什么，我也很想约个人。一方面是心乱，一方面也是因为既然出了家门，就要舞动短裙散散心。

朋友的婚礼无可挑剔。一百多年的哥特式西方建筑、祈祷般直上云霄的教堂姿态、透过五颜六色的彩绘玻璃的阳光、高雅的弦乐三重奏、俊美的嘉宾、从拱形天花板照射下来的温暖灯光和宗教氛围……人们的脸上露出微笑，温柔可亲。新郎和新娘都给人以健康的感觉。几名大学同学和我打了招呼。朋友们的衣服非常大胆，而且时髦。色彩和款式都不常见，那种不显浅薄的华丽和婚礼气氛融为一体。相比之下，我的衣服平凡得令人郁闷。我甚至觉得自己的衣服过于保守了。看到朋友们韵味十足的套装，我立刻垂头丧气，仿佛自己得意扬扬地穿出来的衣服过时了。而且蓝衬衫的两侧腋窝处早已被汗水浸湿，变成了军绿色。偏偏是腋窝部位。我担心自己显得很搞笑，很龌龊。我和同学们礼貌地握手，努力不张开腋窝。内心却期待有人看到我的指甲，可是谁都没有注意。我故意用手捂住嘴巴笑，经常摸头发，也无济于事。女同学们的心思都在别处，有的关注新娘化的妆，有的关注室内装潢。最关心我的手的人只有我自己。巧合的是，我要代替新娘的闺蜜接受花束。因为堵车，她还没到。其他人大多已经结婚，有了孩子。我小声对旁边的朋友说："啊，你去接，你和新娘更好。"朋友不屑一顾地说："我是独身主义者。"得以脱身。我像被强拉到舞台上表演节目似的奋力挣扎，千方百计反抗，最后还是被客人们催着站到新娘身旁。人们似乎都觉得我腼腆。新娘的表情好像觉得谁做花束的主人都好。我记得在哪儿听过，花束都是用最新鲜、最美好的鲜花做成，价格很贵。朋友手里的花束也值二十多万元。花蕾尽情绽放的白色郁金香不带任何装饰，只用雅致的丝线束起。花蕾边缘，蕾丝般裂开的白花瓣和延伸很长的淡绿色花茎，都给人以清爽和纯洁的印象。我不知所措地站在新娘身旁，蜷缩着身体。这时，摄影师发出了信号：

"来吧，我数一、二、三，扔！"

人们充满期待的目光齐刷刷地聚集在我身上。我努力不展开腋窝，磨磨蹭蹭地跑过去，却把花束掉落在地。客人们宽厚地笑了。摄影师似乎见惯了这种事，继续用洪亮的声音鼓励我：

"来，再来一次，这位朋友要更积极点儿。开始拍了，一、二、三。"

为了不让别人看到腋窝处的污迹，我依然消极地移动。我接连几次没接到花束，新娘脸上露出慌张的微笑。我也为自己耽误了摄影而心急如焚，生怕自己给婚礼添了晦气，心里很歉疚。等到下一次信号发出的时候，我就算献身，也必须接住那束郁金香了。

“好了，大家都看这里。这是最后一次，新娘的好友准备好，新娘，扔！一、二、三！”

“咔嚓——”

那个瞬间，我的脑海里情不自禁地浮现出相机捕捉到的我的身影。面色苍白地摆出“万岁”的姿势。我想展示的是漂亮指甲，客人们看到的却是我腋窝下面可笑的污迹。今后在她们的记忆里，我将永远是这个样子。流汗的女人……流汗很多的女人……我紧紧抓着花束，一脸苦相地笑了。客人们雷鸣般的掌声持续了很久。

我朝地铁站走去，手里拿着刚才接到的花束。几名路人瞥了瞥我。穿着高跟鞋快走一上午，脚已经肿了，腰也好痛。过道里到处都有积水。不能弄湿皮鞋，可是每走一步都会溅起脏水。我从包里拿出纸巾，擦掉沾在小腿上的泥水。正在这时，一辆轿车轻轻停了下来。是刚才说自己是独身主义者的朋友。她摇下窗户，探出头问我，我送你吧？她脱下的高跟鞋放在驾驶席旁。朋友穿着看上去无比柔软的拖鞋。我说不用，朋友笑呵呵地走了。婚礼上笑得太多，好累。想喝点儿什么，到南山润润喉咙也不错。正好在明洞，顺便去看看在N首尔塔工作的朋友。等到她下班，我们应该可以一起吃晚饭，去附近公园散步。街头依然闷热而嘈杂。手里的花束有些累赘，却又舍不得抛弃，我就一直拿着。虽然这会儿不方便，但只要插进瓶子，家里连续几天都会焕发生机。走到地下通道口的时候，一名中年妇女大声喊：

“欢迎办理储蓄银行信用卡，赠送礼物！”

经常在大型卖场或百货商店听到这种声音，本来不想理会，可是我看到了堆在店铺角落的蒸锅和旅行箱。中年妇女立刻察觉到了我闪烁的眼神，提高嗓门儿喊道：

“只要办理信用卡，就赠送煮衣物的锅或旅行箱！”

我放慢脚步，缓缓打量旅行箱。很大，很结实，外层是高档布料。

“反正也需要，那就办一张？”

我想起和朋友约好今年夏天要去日本或泰国。

“以后还会频繁出差，总不能每次都借吧？先放着，以后蜜月旅行的时候用也行。”

我知道信用卡公司经常推出各种赠品，旅行箱还是很罕见。如果错过了，不知什么时候还能遇到这么好的条件。可是我总不能一整天都拖着旅行箱走来走去，要不下次再办？我正要转身，中年妇女的声音变得高亢起来：

“免费赠送价值20万元的旅行箱。S公司的赠品，高档旅行箱，等您带走。”

说完，她直接对我说：

“办一张吧。第一年免年费，还可以在电影院和家庭饭店等加盟店享受优惠呢，度假别墅和游乐园门票也可以享受优惠价。”

我嘴巴紧闭，站在原地，衡量着一整天拖着旅行箱走来走去的辛苦和20万元的价值。

“先办一张，如果以后不需要，再拿剪刀剪断也没关系。”

中年妇女故意用隐秘的语气说道。我已经有三张信用卡了，所以犹豫不决。我不由自主地咬起了指甲，这时，中年妇女用明朗的嗓音说道：

“哎呀，手好漂亮。”

啊，是的。说完，我放下手。记得一个在百货商店工作的朋友曾经说过，女人的消费水平和购买力通过指甲和提包判断，男人则通过镜框和手表。听到中年妇女的称赞，至少在这个瞬间，我看起来不像是因为没钱而犹豫不决。我放心了。

“旅行箱今天要拿走吗？”

“是的，空箱子，很轻的。”

简单而迅速地填完资料。信用卡要经过信用等级审查，几天后才能通过快递送达。我填写个人信息收集同意书的时候，中年妇女亲切地弯着腰，提出种种建议。她搽了厚厚化妆品的鼻梁上凝结着汗珠。她的胸口和腋窝也湿了。闻着她的汗味，我急忙在文件上签名，然后带上旅行箱去了市内。本来想坐地铁，最后还是决定打车。拿着花束、无带提包和旅行箱爬南山，我想都不敢想了。打车要花 5000 元，就当 5000 元买了价值 20 万元的旅行箱，还剩下 19.5 万元的收益。这样想着，我朝着亮“空车”灯的出租车高高举起握有花束的手。

*

朋友看到我，吓了一跳。她一手拿着托盘，一手拿着带嘴的不锈钢茶壶。

“你怎么来了？”

朋友没像我期待的那样惊喜，这让我有点儿失落。不过她在工作，也情有可原。

“还能为什么，当然是来看你了。”

朋友看了看经理的脸色。

“我五点钟下班。”

“没关系，我在那边看书。一起吃晚饭吧，不用管我。”

我在窗边坐下。男服务员在一尘不染的餐桌上铺了杯垫，放下装有凉水的玻璃杯。我点了冰摩卡咖啡，然后从简易书架上拿来几本杂志。窗外是雾霾笼罩的城市全景。灰蒙蒙的汉江，密密麻麻的高楼大厦和房屋，尽管我不是刻意来看风景，却还是感觉在买饮料的同时也购买了视野。今天是周末，咖啡厅里人很多。有人托腮望着窗外，有人说说笑笑。不一会儿，坐在邻桌的孩子鼻子贴着玻璃窗，小声嘀咕：

“妈妈，那是什么？”

面相温和的女人脸上露出安静的微笑，回答说：

“那是缆车，里面有人。沿着缆索进入大气。”

孩子瞪大眼睛问道：

“如果升到高处突然停了怎么办？”

女人抚摸着孩子的头，说道：

“不用担心，会有人施救的。”

我拿起玻璃杯喝水。望着优雅地缠绕在透明杯子周围的手，我又一次感到心满意足。朋友一直在小跑着端送饮料，擦桌子。偶尔和我目光相对，尴尬地笑笑。我揉了揉小腿。心里真想使劲揉几下脚心，却又不好意思。

我乘出租车到达南山门口，上了缆车。后来才听出租车司机说，私家车不能进入南山。我在烽火台附近下车，沿着楼梯往上走。我总以为到头了，可是前面还有台阶。中途因为太累，我都想过要放弃。路上积了雨水，溅入旅行箱轮子的缝隙。我带着提包、旅行箱和花束，一路上非常辛苦。全身都是汗，衬衫湿透了。脚上已经起了水泡。我想过把旅行箱和花束扔掉算了。无带提包总是从腰间往下滑。走着走着停下来，走着走着又停下来，我把提包夹紧。后来我把花束塞进了旅行箱。我用旅行箱里的袋子把花束结结实实地固定，拉上拉链，应该没什么问题。只因想见见朋友，我就轻率地来到这里，没想到一路上净是苦难，而且 N 首尔塔还收门票。我疲惫不堪地乘坐超高速电梯到达 N 首尔塔顶层。我知道这里的食物和饮料不便宜。那时我已经顾不上价格了，只想随便瘫倒在什么地方喝水。

服务员送来装有冰摩卡的细长玻璃杯，里面加了鲜奶油。我用吸管使劲吸了一口，脑子里豁然开朗，感觉有了精神。我想起很久以前在外卖咖啡店喝冰摩卡时那种深邃悠远的甜味。一杯咖啡几千元，学生时代想都不敢想，但是某个阳光炽热的夏日，我鼓起勇气走进咖啡厅，平生第一次喝了咖啡。当时我很感慨，世上竟然有如此美味的饮料！在富川见面的前辈也说过类似的话。

“你看书吗？”

“是的，正在努力看书。”

“是啊，像我们这些学广告和营销的人，必须坚持学习。最基本的是经典，新书也要多看，要了解时代潮流才行。”

前辈摸着玻璃杯，继续说道：

“在朴婉绪的小说《妈妈的木桩》里，主人公第一次吃菊花饼的时候大吃一惊。”

我挠了挠头。

“哦，是吗？”

“是的，书里有这样的场面。如果有人让我形容不同于糖稀和蜂蜜的红豆沙是什么味道，我觉得是首尔的甜蜜，大都市的秋波。”

“……”

“最近我有时会想，对于我们这代人来说，都市的甜蜜或许就是这杯咖啡，比如特浓咖啡和冰摩卡，比如焦糖玛奇朵和冰绿茶拿铁等。”

前辈用广告公司职员特有的感性语气说道：

“烘焙方法和咖啡豆的种类不同，味道当然是各有千秋。不过比起甜味，我现在更喜欢酸味和苦味。”

听着前辈的话，我轻轻地点了点头。当时我不以为然，今天在N首尔塔顶喝咖啡，我再次想起前辈的话。这是几十年前为了发送广播信号而在首尔建设的电子塔。我在塔顶啜饮着冰摩卡咖啡，聚精会神，试图区分酸味和苦味。我还是更喜欢甜味。如果时间充裕，我也想像前辈那样多看书，加以应用。我慵懒地翻着杂志，使劲吸了口咖啡。咖啡因如同蒲公英种子弥漫全身，碰触着我的每个细胞。

太阳一落，风变得凉爽了。朋友和我买了几罐啤酒，来到八角亭附近。朋友穿着垂到脚腕的白色连衣裙，背着伊斯帕背包。朋友的时尚感觉总是令人尴尬。不过，穿着高跟鞋，整整一天像受罚似的拖着旅行箱走来走去的我，恐怕也不是很好看。

“我们喝点儿东西，然后去吃饭吧。”

朋友露出牙齿笑了。四周有拍摄快照的摄影师和坐在石阶上休息的一家人，还有外国游客。我们找了个人少的地方坐下。日落时分湿漉漉的树木散发着清爽的气息。几只胖乎乎的鸽子在脚边勤快地啄食零食碎屑。朋友从黑塑料袋里拿出两罐啤酒。刚从冰箱里拿出来，瓶子表面还凝结着水珠。朋友打开啤酒罐，递给我说：

“给你。”

我也立刻拿起一罐啤酒，想帮朋友打开。突然，我想起来了，啊，今天做了指甲，不可以的……我拿着啤酒罐犹豫不决，朋友盯着我的脸。

“怎么了？”

“嗯？没事。”

唉，豁出去了。我果断地把手指伸向铝盖，指尖用力，咔嗒，掀起了盖子。哧——伴着碳酸泄漏的清凉声音，我的食指指甲也破了。

“哎呀！”

我赶紧握住手指。第一感觉不是疼，而是惋惜。

“受伤了吗？没事吧？”

揉着胳膊上的鸡皮疙瘩，我说没事。朋友担心地看着我的伤处，终于像发现了什么似的喜形于色。

“哎哟，你做指甲了？”

我紧紧地拳曲起手。

“哦？没有。”

朋友一把抓住我的手，看个不停。

“像是做过的样子呢？”

我更用力地攥起拳头，胡说八道起来：

“啊，这个，我自己染的。”

婚礼上，我是那样渴望有人发现，然而很奇怪，面对着朋友我又很想隐瞒。朋友不可能责怪我，而且美甲也不算多么奢侈的事，可是我不敢说出来。我们干杯。朋友开心地嘿嘿笑了。

“新家好吗？”

“嗯，以前房间大小和被子差不多。搬到这里后第一次铺褥子，感觉褥子好小，太好了。”

朋友听着我说话，熟练地帮我按摩小腿。

“是啊。下次打听一下有没有带浴缸的一居室，还要有鸡尾酒吧台。”

我脱了鞋，抱着腿，蜷缩而坐。

“你怎么样？”

朋友避开我的视线。

“还是老样子呗。”

说完，她幽幽地看了看南山下的首尔。在都市之外的安静之中，山下大都市的风景陌生得就像从异国飞来的明信片。酒精进入身体，一天的紧张不翼而飞，我感觉有些困乏。朋友用刚才揉腿的手拍打我的腰部。破裂的指甲总是带给我异物感。我们默默无语，冷冷清清地抿了口啤酒。

“对了，你真的是为了泰国旅行才选择旅行箱吗？”

我说也不完全是这样，因为需要，所以就要了。过了片刻，朋友接着说道：

“其实我有话对你说。”

看到她严肃的表情，我突然感到不安。她需要钱吗？什么方式、借多少，才不伤感情？短暂的瞬间，我想了好多。

“我恐怕不能去旅行了。”

“啊？”

“是我提出要去旅行的，对不起。”

我想问为什么，最后还是忍着没问。原因一定很简单。要么是家人生病，要么就是遇到什么事故。尽管不了解详细内幕，然而每当朋友想去旅行的时候，总是会发生不好的事情。我没有追问，只是说知道了。朋友怔怔地注视着旅行箱。

“其实……”

“嗯？”

“其实我不喜欢旅行。”

朋友露出怀疑的眼神。

“真的，我什么时候说过要去旅行？省钱了，真好。”

说完，我突然想起被我忘到脑后的花束。

“对了，刚才我说的花束，你要不要看一下？”

“嗯，那个耻辱的花束？哈哈哈，在哪儿？”

“在这儿。”

我用脚踢了踢旅行箱。一群鸽子受到惊吓，扑棱棱飞上天空。朋友好奇地探过上身。我蹲在旅行箱前，拉开拉链。箱子豁然打开。

“叮咚——”

“……”

“啊？”

我们面面相觑。箱子里的花束已经严重破损，花瓣也伤痕累累，散落得到处都是。

“碎了。”

朋友淡淡地回答：

“是啊。”

我把箱子留在原地，坐回长椅。周围渐渐暗了下来。朋友喝了口啤酒。我也把啤酒倒进嘴里，然后默默地注视前方。我们就这样在旅行箱旁坐了很久，感觉我们不像是出门或者即将出门，倒像是被驱逐到远方的人。好像从很久很久以前，我们就拖着如此庞大的旅行箱走来走去。我弯腰拾起破碎的花瓣。边缘已经变成了褐色。抚摸了一会儿，我把花瓣放在手心，呼地吹了一下。一片花瓣乘着四月柔软而凉爽的风，轻飘飘落入都市。一阵强风吹来，花瓣时而降落，时而上升，画着奇怪的曲线飞舞。朋友喝了口酒，我也喝了一口。不知不觉间，我们发现啤酒已经没有了。

“我们走吧？”

我拍了拍屁股，站起身来。

“好吧。”

朋友替我抓起旅行箱的把手。身穿白色连衣裙，背着短带书包的朋友摇摇晃晃地走在前面。我穿着9厘米的高跟鞋，像瘸子似的磕磕绊绊，跟在朋友后面。嗒嗒——嗒嗒——旅行箱轮子的声音跟着我们走下山坡，像影子一样，长长地，一刻不停地跟随。

尼克塔酒店

恩智的旅行箱比瑞允的大两倍。那天早晨，体重不到 40 公斤的恩智脸色苍白，哼哧哼哧拖着超大型行李车走来的时候，瑞允手里拿着外卖咖啡，失神地问道：

“你到底带了什么东西？”

瑞允背着一个小单肩包和登山包。恩智瞥了一眼朋友简单的行李，闷闷不乐地说：

“那你究竟带了什么？”

两人自从成为大学同学之后就一直是死党。同系、同龄，还有相似的感性和文化趣味，家庭境况也差不多，有很多相通之处。她们喜欢说些愉快而简短的玩笑，彼此在对话中使用同一语法的感觉让她们很舒心。恩智和瑞允不喜欢女性之间甜蜜的关怀，更喜欢亲切的虐待和驳斥。尽管她们嘴上不说，却都自认为比同龄人聪明。这是那个年纪的年轻人常有的误会，或者说是大多数人到死都保持的错觉。她们也不例外。

“二十多岁的时候如不聪明，究竟何时才能聪明起来？”

喝醉之后习惯使用书面语的大龄复学生前辈重重地放下酒杯，反复说你们的灵气也没什么特别之处，这时两人也在笑呵呵地思考，怎样才能做出机智的回答。当时她们刚过二十岁，不管别人告诉她们什么事实，她们都相信是的，的确是这样……不过我的情况有所不同。

“我以为自己不会老。”

前不久，瑞允抚摸着啤酒瓶，自言自语。

“嗯，绝对不会……”

恩智轻轻点头。她们已经不再年轻了。就在前不久，她们还泡在阴暗的酒吧里，一根接一根地抽烟，虚张声势地开着玩笑，感觉春天的世界稍显散漫。可是某一天睁开眼睛，却发现自己变成了平庸之辈。一事无成，而且怀揣着今后也可能永远没有起色的焦虑。恩智和瑞允知道了，她们正在失去自己拥有的最夺目的东西。

提议旅行的人是恩智。她要在真正长大成人之前享受最后的奢侈，去济州岛玩三天，吃生鱼片，吹海风。

“我没有钱。”

瑞允把手机贴在下巴上，翻着《跳蚤市场》回答。恩智若无其事地说，我也没有。

“那怎么办？去偷吗？”

瑞允在“全心全意辅导学院，初中三年级国语、社会/有经验者优先”一栏画了个圈，问道。

“不，我去找妈妈要。”

“那我呢？”

“你没有积蓄吗？你不是在辅导学院工作了两年多吗？”

瑞允的确有些钱。那是五年前死于车祸的祖母留下的补偿金。读本科的时候，她频繁休学，打各种零工，然而支付昂贵的私立大学学费还是要依赖这笔补偿金。双方均有过失，支付葬礼费用、处理完各种琐事之后，瑞允手里还剩几千万元。再交完房租、学费和生活费，这笔钱也所剩无几了。瑞允把最后的500万元祖母遗产存入定期账户。对于孤家寡人的瑞允来说，这是她全部的财产。她下定决心，不管发生什么事，绝对不能动用这笔钱。接连几次，她都守住了这个承诺。恩智也在某种程度上猜出了瑞允的状况。她们之间拒绝过度的亲密和关心。“还是让和瑞允不太亲密的人们去做这些事吧。”她捍卫自己的友情。恩智看出了瑞允的犹豫，假惺惺地说：

“我们不是住在分裂国家嘛！”

“怎么了？”

“随时都可能发生战争。”

“那又怎么样？”

“我是说，我们要尽可能地享受每一天。”

“……”

“去吧？”

瑞允沉默了几秒钟，回答说：

“不去。”

恩智是那种想做什么就要付诸行动的人。想要什么就买，遇到喜欢的男人就尝试着交往。像开着前灯夜间驾驶的人，常常彻底忘记了灯光之外的状况或关系，却不知道这么做会让身边的人多难过。瑞允爱的正是恩智的这份活力和莽撞、浪费和虚荣。也难怪，恩智的举动之中包含着真诚和魅力，如果单纯称为冲动就太可惜了。在瑞允看来，恩智是能够客观看待自己的为数不多的人之一。恩智吹牛的时候知道是吹牛，贪婪的时候知道是贪婪，也懂得自嘲。虽然被甜美的果肉包裹，却有着坚硬的种子，不知道是否可以这样形容？相比之下，瑞允则是大脑优先于身体的类型。做事慎重，责任感强，胆小怕事，更重视语调而不是信息；面对不容易表述的状况，与其放弃细节，还不如中断谈话。她是这样的人。恩智喜欢瑞允的认真和思考，喜欢她的诚实和教养。也难怪，瑞允身上有种低俗和美丽的感觉，不能简单说她是“健康”。换而言之，恩智有着类似自嘲的幽默细胞。她们之间存在着某种平衡和杠杆。进入二十一世纪之后，本属中产阶层的恩智家变得贫穷，也缩短了两个人的距离。

因为瑞允的拒绝，两人的旅行计划彻底泡汤了。恩智激动的心情也平静下来，报名参加了英文辅导班，准备考研究生。尽管本科阶段的学费贷款还没还清，然而恩智始终坚信，促使人生前进的不是忧愁，而是胆魄。克服恐惧最好的方式就是蔑视恐惧。她常常背诵这句咒语，尽管自己也不相信。瑞允则认为战胜恐惧最好的方式是体验恐惧。不，更好的办法是干脆不要靠近恐惧。真正的恐惧可不是那么容易承受。其实瑞允心里最根本的恐惧是贫困。很长时间以来，瑞允总是像赶苍蝇似的挥舞双臂，连连后退，不让贫困靠近自己的人生。尽管在别人看来很可笑，可是她必须马上这样做，也只能如此。前不久，瑞允因为顶撞院长而被辅导学院解雇，最近正在寻找新的“零工”。主要目标是附近的酒吧、咖啡厅和快餐店。当然，对于二十七岁的女人来说，“零工”并不容易得到。老板们想找更年轻、更温顺的学生。如今瑞允也意识到计时工资已经无法满足自己的要求。她抽空翻看求职网站，为了取得图书管理员资格证而准备考研究生。这时，交往六年的男友提出分手。除了结婚话题外无话不谈，被她视为家人的男人。瑞允在一周时间里几乎粒米未进，躲在房间里谁也不见，什么也不做，只是睡觉。“你喜欢我什么？”“嗯，努力生活的样子很美。”“什么？”“没什么，没什么，哈哈。”打情骂俏的情景清晰如昨，她突然觉得那并不是玩笑。哭闹、责难、求饶，反复几次，蛰居第十五天，瑞允像疯子似的猛地钻出被窝，径直跑向银行，取出了被自己视为生命的定期存款，然后立刻拿出手机，按了 3 号键。

“恩智啊。”

“哦。”

下午三点，恩智却发出像是被吵醒的声音。

“我们去旅行吧。”

恩智迟疑片刻，回答说，好的。然后，她又像想到什么似的，补充了一句，不过……

“不去济州岛，去东南亚怎么样？”

“怎么突然要去东南亚？”

“听说同样的价钱在韩国只能玩五天，在那儿可以花半个月。”

“谁说的？”

“多彬。”

多彬和她们两个被称为“国文系三剑客”。虽然不是瑞允和恩智这样的莫逆之交，不过瑞允和恩智都感觉三个人在一起比两个人时更愉快。多彬在三个人中最宽厚，也最独立，经常帮助恩智和瑞允调节矛盾。三个人看电影，喝完茶分手的时候，恩智和瑞允以各自的方式回顾当天的事，而多彬则直接投入另外的事情。成熟又天真，个人主义却又爱交际，这就是多彬。她知道自己的顶点在比她们两个更远的地方，所以三个人无法构成漂亮的正三角形。多彬并不为此苦恼，原因就在这里。目前，多彬正在美国东部某大学攻读比较文学博士学位。一放假就回国和她们见面，平时也经常发邮件。不过，最近很少得到她的消息，看来又和恩智联系上了。恩智把她和多彬的推特对话转达给瑞允。多彬的室友是河内大学毕业生，邀请多彬寒假去她的祖国。她说,如果我们要去济州岛,还不如去那里呢。她有很多话要对我们说，也很想念我们，让我们在机场原地等待。啊！既然如此，我们就彻底享受一回，玩他个昏天黑地。

旅行日程大约二十天，途经泰国、柬埔寨、越南，最后到达老挝。多彬会在河内机场和她们集合。瑞允从一周前开始制作旅行用品清单，购买常备药物、锁、转换插头，翻看东南亚旅游网和旅游小册子。她意外地发现自己竟然很期待这次旅行。这是瑞允的第一次海外旅行。她下了很大的决心，去明洞买了件画有可爱猴子图案的吊带衫。“只有心情好的时候才穿。”做出这个决定之后，她冷静地收拾行李。恩智则是出发当天早晨才急匆匆地收拾行李，去了仁川机场。穿着高跟皮鞋，粘了假睫毛。不过在登机之前，她去卫生间换上了运动裤。还带了眼药水、口腔清洁剂和靠枕，一看就是资深驴友。通过出境检查台的时候，恩智的老练也大放光芒。她对迷宫般的机场内部了如指掌，自由自在地穿梭于复杂的卖场之间，像在自家附近的小店里。瑞允乖乖地跟在恩智身后，好奇地看着一切。原以为一个国家和另一个国家之间只有大海和天空，原来还有免税店。跟着朋友，瑞允购买了每分钟卖出几千瓶的精华液。如果换在平时，她要思来想去，几次拿起来又放下。机场里舒适的空气碰到肌肤，人对货币的感觉就变得迟钝，胆量也大了。

经由台湾，飞机在曼谷着陆。当地时间是夜里十点。走到入境审查台，异国的陌生空气迎面扑来。像是香辛料的气味，又像旧地毯的气味。刚刚拿到旅行箱，恩智就说：“哎呀，脸都要裂了。”说着从箱子里拿出喷雾，往脸上喷，也往瑞允脸上唰唰喷了几下。瑞允闭上双眼，像和异性接吻，然后点了点头，“大多数女人之间的友情就是这样子。”两人去卫生间脱下厚厚的外套，换上夏装，兑换外币，走出机场。宾馆还没确定。瑞允远远地看着恩智用不熟练的英语和出租车司机讨价还价。都是基础会话，瑞允能听懂，却说不出来。

“要 400 铢。”

“哦？哦。”

瑞允拿出泰国纸币，递给恩智。突然间，她意识到自己已经依赖于恩智的英语了。如果单独和外国人在一起，她会千方百计试着说话。可是一想到有韩国人在身边“评价”自己的英语，她就张不开嘴巴了。这为两个人日后的不和埋下了祸根。

深夜的考山路黑暗而阴森。两个人如数接受全世界二流子的秋波，徘徊在异国的小巷。赶上节假日，到达时间又晚，很难订到房间。戴金项链的白人男子悄悄跟在瑞允身后，“你们从哪里来？”还有几个喝醉酒的男人吹着口哨，胡乱说着英语：“你们去哪儿？”“需要帮忙吗？”瑞允每次都点头，说着蹩脚的英语：“No, thank you.”恩智看不惯瑞允的态度，不过没有表露出来。在恩智看来，瑞允从开始就对这些人过于和善了。外国人也是人，必然有坏人。瑞允则认为恩智对他人有些无礼，尤其是对从事服务业的人，看都不看，只顾点餐，多少有些傲慢。不过，当务之急是先找到住处。两个人辗转于热得令人窒息的街头，忙着看宾馆招牌。有人大喊："空尼奇瓦！"[1]恩智撇了撇嘴，"深更半夜的，什么空尼奇瓦？"不一会儿，不远处又有人喊："小姐好漂亮！"瑞允大吃一惊，像被母语烫着了似的，连忙环顾四周。几名当地青年靠在摩托车旁，抿着嘴笑。瑞允不由自主地紧抓住背包。恩智开玩笑说："我们真的长了世界上最好欺负的面孔吗？"其实她也同样紧张。两人试图不流露自己的胆怯，加快脚步。恩智的旅行箱被行道砖绊倒了，她不得不停下脚步。旅行箱轮发出巨大的声响，向前滚动，引来不必要的注目。瑞允走在恩智前面，不时配合朋友的步调，心里有种不祥的预感，也许以后恩智的旅行箱会成为自己的心病，从而讨厌这个箱子。尽管她也在某种程度上受益于恩智的箱子。

两人花了高价，好不容易住进一家名叫"弗兰德力"的宾馆。房间里有一张大床、一台电风扇和散发着腥味的浴室。她们推开门，两只趴在天花板上的蜥蜴唰地躲藏到窗帘后面。瑞允面如死灰。恩智安慰说，柬埔寨的宾馆里也有蜥蜴啊。两个人首先收拾行李。房间很小，瑞允在地上，恩智在床上打开行囊。不一会儿，瑞允就拿出了换洗衣

① 日语"你好"。

物和洗漱用具。恩智不知遇到了什么问题，抓着旅行箱的拉链奋战了许久。当恩智的旅行箱终于叹着气张开大嘴巴的时候，瑞允彻底知道朋友的箱子为什么那么肥胖了。里面装满了各种饰物、鞋子、衣物，还有化妆品。瑞允的包里也不是没有这些，只是恩智的箱子里竟然装了三双款式各异的凉鞋，帽子和衣服也不例外。这是在景点穿的 T 恤，这是在西餐厅穿的连衣裙，这是在酒吧里披的波蕾若外套……种类和用处各有不同。恩智拿起一件小巧的比基尼上衣。

“漂亮吧？我还给你带了一件。”

她在落地柜上放了两副太阳镜，温柔地说：

“如果你没带，我可以借给你。”

恩智的旅行箱之所以鼓胀，还有另外的原因。里面装着 iPad 和充电器，还有和 iPad 对接的大音箱。瑞允失魂落魄，低头打量着像生活必需品一样夹在恩智衣服中间的电子产品。见过带 MP3 或 CD 旅行的人，连音箱都带的人还是第一次见到。不是巴掌大的音箱，几乎有《国语辞典》那么大，两侧各一个。瑞允不是那种认为旅途中音乐比内裤更重要的人，连张唱片都没带。

“为什么？怎么不把组合音响带来？”

“是吧？ CD 的音质的确更好。”

以前瑞允说“我不需要音乐”的时候，曾被恩智视为古生代的爬行动物。当时恩智勃然而起，仿佛听到了世上最令人震惊的事情。现在，瑞允微薄的音乐知识也都是来自恩智。恩智有空就帮瑞允拷贝 CD，解释各种类型的音乐和歌手的特征及历史。艾略特・史密斯①是怎么死的，比莉・荷莉戴②在生命的最后时刻去找的人是谁，《辛普森一家》③中裸体出场的是什么乐队，这些都是听恩智说的。聊起这些事的时候，恩智微微歪着脑袋的样子很是动人。两人结识之初就有音乐陪伴了。那时她们刚入学，没有钱，也无处可去，时间倒是很多，只是不知道该做什么。她们在附近的大学校园里徘徊。在某大学的仿西式圆形剧场里，每人戴一只耳机，紧紧依偎着坐在冰凉的石阶上，用 CD 机听魔怪乐队的《夏天》。星星缀满天空，夏日微风令人心神荡漾。这样的夜晚，很容易爱上一个人。瑞允坐在黑暗空旷的圆形剧场最边缘，陶醉于《夏天》的电吉他音乐，兴奋不已。

“感觉到了吗？宇宙仿佛落到我们头顶了。”

尽管有点儿不靠谱，不过瑞允也没理由反对恩智带音箱，反而有点儿高兴。声音也是有层次的。优质音箱传出的声音不是音乐，而是

---

① 美国民谣歌手。

② 美国爵士乐歌手。

③ 美国动画情景喜剧。

建筑。甚至不是普通建筑，而是大教堂。瑞允已经隐隐体验过了。洗完澡后，瑞允的心情好多了。完成音箱设置的恩智同样心情舒畅。两个人喝着泰国啤酒“胜狮”，将自己交给沿着 MP3 转动的音符的旋涡，开心不已。她们聊天到深夜，天真地炫耀：“我们怎么可能吵架？”

第二天、第三天还是这样。出国后的几天里，她们的关系变得从未有过地亲密。尤其是刚来泰国的那四天，恩智和瑞允每天喝完啤酒，穿着泳装笑嘻嘻地批判对方的身材。有一天，她们误闯进一家颓废业所，马马虎虎、别别扭扭地做了泰式按摩，吃着冬阴功汤味大碗面，喝着西瓜汁，吃着价格 3 美元的牛排，连连感慨“便宜！便宜！”不仅如此，她们深夜站在异国的桥上，因为别人听不懂而高喊着平时说不出口的脏话。感觉没什么好喊的了，她们努力在脑海里搜索世界上最丑恶最龌龊的单词。最后，不想在低俗方面输给任何人的恩智继续喊道：

“我操！”

“我操——操——操。”回声在陌生国家的夜空里弥漫。瑞允忍不住捧腹大笑，跟着恩智喊了起来：

“我操！”

说完脏话之后，神情豁然开朗的恩智喘着粗气，说道：

“如果有多彬在就好了，是吧？”

瑞允瓮声瓮气地回答：

“嗯，的确。”

每人拿出120万元的共用费。每天夜里瑞允都认真整理当天的开销记录，写日记。恩智给韩国的男友打电话，或者看书。她们俩都没有开通国际漫游，需要打电话的时候，只能使用酒店里的电话，单独支付电话费。不过，瑞允还从未给任何人打过电话。准确地说，她没有需要打电话的人，即使打电话也不确定对方会不会接。有一天，恩智和男友通过电话之后问道：

“你不给敬民打电话吗？”

瑞允翻看着数码相机里的照片，漫不经心地回答：

“嗯。”

“为什么？敬民不伤心吗？”

“嗯，敬民说电话费太贵，让我回国后再打。”

瑞允拿出手册，自然而然地转移了话题：

“我写了日记，你要不要听听？旅途中对你的感受。”

“是吧？你念给我听吧。”

“我眼里的徐恩智，怕冷又怕热。如果食欲得不到满足，她就会变成神经病，懒惰而冲动。不过，一旦做自己想做的事，她就变得冷静而理智，迅速做出选择，不怕失败。讨厌长时间走路。认路能力强，空间感出众。讨厌手提重物。喜欢肉和咖啡……”

“哦，都对啊！”恩智回应说，“啊，对了，我也写了些东西。”边说边打开笔记本。

“我眼里的李瑞允……”

瑞允充满期待地望着恩智。无论好坏，自己被人客观评价，总是有趣的事。恩智用洪亮的嗓音说道：

“经常换内裤，经常洗内裤。”

“……”

不仅那天，每当心情好的时候，瑞允就像唱歌似的给恩智朗诵自己写的日记。通常是在洗完澡睡觉之前，听音乐的时候。

“我们到了泰国，一有空就说外语。在这里，我们的母语成了外语，真好。以前在韩国，感觉是‘说’韩国语，或者韩国语‘存在’，而来到外国，却是‘随身携带韩国语’的感觉。”

“换了住处，我很开心。我从来没想到自己会因为冲水式马桶而开心。”

“泰国的神和他们的信徒一样，都很苗条。卖尼龙内裤的露天商贩、骑三轮车的青年、给外国人服务的女按摩师、穿着可爱大短裤的男中学生——都是神之子。”

恩智称赞朋友的观察力和表达能力，对瑞允大加奉承，偶尔提出不同意见或者表达自己的感情。恩智看出瑞允是个多愁善感的人，一旦内心发生变化，必须和别人分享。分享对象正是自己，这让她很高兴。两个人参观曼谷暹罗广场、死亡博物馆和大城寺庙，拍照，喝啤酒。住所换了三次，花去了三分之一的预算。每次旅程的开始和结束都有“仪式”,那就是打包音箱和取出音箱。需要购买的东西越来越多，恩智的旅行箱也膨胀得好像即将爆炸的气球。每天早晨，恩智拉拉链的时候，瑞允就坐到恩智的旅行箱上面，加入自己的重量，使箱子关得更加严实。

柬埔寨之旅也比较顺利。瑞允管钱，恩智负责预订车票和宾馆。恩智的方向感很强，第一次去什么地方也从不紧张。恩智什么地方都能通过地图顺利找到，瑞允对她无比信任，只是跟在她身后讨论路线。矛盾从小事开始。虽然都是些看起来什么都不算的小事，然而堆积起来，逐渐形成了厚厚的壁垒。坐在前往柬埔寨的中巴里，瑞允说错了话。几名身穿白色越式旗袍的越南女大学生问：“你们会说英语吗？”

还没等恩智回答，瑞允急忙说：“I’m not English well.”越南姑娘们听了她的回答，轻轻地笑了。恩智的脸立刻涨得通红，瑞允却没有察觉。中巴疾驰了大约四小时，到达柬埔寨。刚下车，恩智就像长时间憋尿之后终于坐到马桶上似的说道：

“不是‘I’m not English well’，而是‘I can’t speak English’。”瑞允羞愧难当。她下定决心，“臭丫头，等我回到韩国，首先要做的就是学英语。”英俊外国人打招呼的时候，她只能以东方女人特有的消极表情轻轻微笑，这样的处境令她无比懊恼。失误依然在继续。三轮车司机说“对不起”，应该说“没关系（That’s all right）”才对，她却说成“你说得对（That’s right）”；该加“a”的地方用了“the”，动不动就用错时态。而恩智即使说简单的英语，也说得很巧妙。美国男子问：“你是哪里人？”她回答说：“I’m from Heaven.”对方报以笑容。每当这时，瑞允就站在恩智身旁幽幽地微笑。她总是让恩智帮自己翻译，渐渐地，她感觉到恩智不耐烦了。但在那时，这还不算什么大问题。她们的关系变得冷漠，根本原因在于性格和视角的差异。忽然间，瑞允意识到整个旅途中都是自己拿水壶。那是两个人一起喝的水，恩智在整个观光途中几乎都是空着手，从未问过“要不要我来拿？”不知道是她真的没看到，还是装糊涂。瑞允完全可以直接说：“这回你来拿。”转念又想：“难道她还能一直这样？”于是等待。与此同时，瑞允在景区流露出来的感受也让恩智深感疲惫。“这么空洞的话，她怎么说得如此自然？”“这些难道都要说出来吗？”恩智颇为不满。比如说，看到矗立在吴哥通王城的巨大头像，瑞允会感慨：“神的面孔这么凶，会不会因为和人类长得像？”或者“啊！真不错。看来这个国家的人在文化方面很有信心，恐怕根本不把其他民族看在眼里。”同时征求恩智的同意。恩智在心里想：“哎呀，真是的，也就只有我愿意听你说话。”恩智对瑞允的失望还不只这些。有一天，看到瑞允拿出来穿在身上的吊带衫，也就是在首尔买的猴子图案吊带衫，她不假思索地说：“你能不能别穿这个啊？”“为什么？”恩智迟疑片刻，回答说：“我就是觉得有点儿搞笑。”恩智真的是毫无恶意，随口说说而已，然而这句话却对瑞允造成了巨大的伤害。从那之后，瑞允再也没穿那件衣服。她开始任由自己的感情膨胀。

“她可怜柬埔寨的孩子，随时随地，拿我俩共有的钱做善事，却对自己身边的人漠不关心。”

瑞允感觉自己越来越拙劣了，心里却无法停止对恩智的抱怨。尤其是恩智每天早晨哼哧哼哧收拾行李的时候，或者脸色苍白受酷刑似的拖着旅行箱的时候，她就气得咬牙切齿。刚开始她觉得恩智拖着大旅行箱的样子很可爱，渐渐觉得累赘，最后竟然被勒住恩智脖子的冲动彻底俘虏了。果然不出所料，到达吴哥窟的时候，恩智的旅行箱轮子咔嚓掉了。箱子承受不了音箱和各种物品的重量，终于坏了。恩智看着瑞允的脸色，请求借点儿公共资金。两人都没有信用卡，而且这种状态她们哪儿也去不了。

“那剩下的开销怎么办？”

恩智说，等见到多彬再说吧。恩智和瑞允从未直截了当地吐露过各自的不满。不过她们都知道，彼此之间的气氛发生了变化。也就是说出来显得小气、藏着掖着又会憋闷的某种东西。带着这样的感觉，十三世纪高棉式的屋顶、古树的美丽、吴哥女神的乳房、刚刚到达她们脸颊的风，都变得毫无意义了。她们情不自禁地开始期待，“快点儿回韩国算了。”不，还是快点儿见到约好在越南集合的多彬更好。这样一切就能回归原位，像什么事情也没有发生，继续愉快地享受旅行。

柬埔寨最后一日。清晨，恩智突然提出换宾馆。瑞允不耐烦地问，为什么要换？恩智说这里韩国人太多,她不喜欢。房间小,服务也不好。瑞允问，你有看好的地方吗？恩智说，附近有不错的宾馆，说完拉起瑞允就走。她说那是有典故的地方，很想去看看。

“什么典故？”

恩智露出神秘的微笑。

“先去看看吧。”

两个人来到名为“尼克塔”的三层旧宾馆。一看就知道，至少有三十多年的历史，散发着阴森森的气息。宾馆周围整洁和宁静得出奇。她们走过矗立在门前的生锈的水牛铜像，走进大厅。温柔而时髦的前台职员面带笑容。明明是柬埔寨人，可是看起来又不像当地人，给人以冰冷却又温柔的感觉。大厅左侧，一个白人青年赤裸着上身，正在看英文报纸。胳膊搭在椅子上，金色的腋毛暴露在阳光之下，闪烁着灿烂的光芒。恩智走到前台，和宾馆职员交谈了几句。女人的英语发音太含糊，起先根本听不懂，不过还是能听出房费比其他地方贵两倍之多。瑞允看出宾馆职员没把恩智放在眼里。不知道是因为打扮，还是因为英语发音。瑞允发牢骚说，哼，怎么说也还是我们国家更富有。过了一会儿，恩智朝站在远处看守旅行箱的瑞允走去。

“120 美元。”

瑞允瞪大眼睛。

“怎么这么贵？”

“我不是说了吗？这个建筑物是有典故的。”

瑞允催促道：

“到底是什么典故？”

“昨天听导游姐姐说的，住在这家宾馆，可以见到自己想见的人。”

瑞允叹了口气，夹杂着少许的不耐烦。

“什么意思？”

“真的。”

“怎么可能在这里见到想见的人？那个人飞到这里来吗？简直是胡说八道。”

“不，你听我说完。不是胡说，好像经常发生这种事。旅行网站上也经常登载这种故事。”

“喂！不要说了，我还以为是什么呢。去别处，去别处。”

“瑞允，我真的很想住在这儿，嗯？我们就在这里住下吧，就一夜，好不好？”

“我不要。”

“我什么时候这样求过你？”

“恩智，这是财政战略。我们的钱都快花光了。”

“不，是真的。我还听说见到的不是普通人。”

“……那是什么？”

“是这样的，住在这里的人……”

“哦。”

“能见到最想见的，已经死去的人。”

“……”

她们被安排在二楼尽头的房间。瑞允始终坚决反对住进“尼克塔”，恩智却苦苦哀求，她只好投降。本来和恩智的关系就有点儿尴尬，她不想因为这件事徒添烦恼。竟然说什么鬼魂，恩智怎么会相信这种不可思议的谣言呢？瑞允用异样的目光打量着客房角落。比起外面的天气，房间里的空气有些阴冷，这让她很不高兴，“就忍这一天。”

下午转眼就过去了。她们包了一辆三轮车，游览了距离市区较远的两三个地方，很快就天黑了。瑞允给了比实际年龄显老的三轮车司机 1 美元小费。这名青年名叫桑梁，接连给她们做了三天向导，已经很熟悉了。看到和自己年龄相仿的韩国女子给自己买烟和饮料，亲切地对待自己，他心存感激。回宾馆之前，他把她们带到一个脏乱的露天店铺，给她们买了传统饮料和鸡肉串。这意味着他把瑞允和恩智当成了“朋友”。回来的路上，恩智指着落日问桑梁，太阳用柬埔寨语怎么说？桑梁露出不规则的黄牙，回答说“科纳伊！”瑞允跟着桑梁小声说“科纳伊”。她想起自己在泰国和柬埔寨从没学过当地的语言。两人回到住处，洗干净粘在鼻孔和耳朵眼，以及全身的灰尘。瑞允裹着浴巾出来的时候，恩智正听着音乐和男友通电话。恩智像小鸟，娇滴滴地说“我想你”。瑞允趴在床上写日记。她不再把日记读给恩智听了。恩智似乎也不想主动要求她读。两个人尴尬地做着各自的事。恩智担心瑞允会不会在日记本上写自己的坏话。她本人对瑞允也满是不快，这才有了这样的疑心。回国之后，恩智迫切要做的就是在男友面前把瑞允骂个狗血喷头。这个决心在某种程度上支撑着恩智。有一次，瑞允想起了分手的男友。他对自己那么狠心，可是自己第一次出国，吃美食、赏美景，却想起了敬民。为什么和敬民都没去过济州岛？瑞允在旅途中给敬民打过一次电话，而且是在深更半夜，瞒着恩智用公共电话打的。也许是觉得电话号码陌生，对方很快就接起了电话。尽管下了无数次决心，“不要这样”，然而听到敬民的声音，瑞允还是问出了平时自己绝对不会问、现在想起来依然面红耳赤的幼稚问题：

“你遇见我，是不是很不幸？”

说完，她立刻就后悔了。对方沉默良久。瑞允急了，正想辩解的刹那，终于听见了敬民低沉的嗓音：

“不是。”

“……”

“不是这样的。”

“……”

“痛苦不是因为不幸……而是因为等待幸福的过程太乏味。”

恩智从 MP3 里找到《哥德堡变奏曲》，按下播放键，关灯。恩智侧身而卧，蜷缩身体，听着从音箱里流出的变奏曲。“二〇〇〇年代来到柬埔寨的韩国女人听着一九〇〇年代的格伦·古尔德演奏一七〇〇年代巴赫创作的音乐”，“好奇怪，好惊人”，她暗自思忖。也许世界早已经设定好了程序，让“不可能相遇”或“没想到会相遇”的事物“相遇”。不过，恩智听这首曲子却是另有原因。她看出瑞允也喜欢。两个人躺在床上，呆呆地盯着天花板，许久没有说话。过了一会儿，瑞允先开口了。瑞允低声说出了像是暗号的话：

“南新义州柳洞朴时逢方……”

恩智抬起头来。

“什么？”

“白石的诗，在没有妻子、没有家的情况下进入木匠的仓库，看着天棚喃喃自语……”

“我还以为……然后呢？”

“这不是抄写的南新义州什么朴时逢的地址吗？”

“是啊。”

“高中听过解释，当时我就有点儿糊涂，题目竟然是地址。”

“……”

“怎么说的了，什么诗歌叙述人，什么主题，这些我不懂，只是每次想起这首诗，我就想起被关在狭窄黑暗空间里的男人，一个不停地念叨自己躺在简陋场所的男人。”

“……”

“在陌生地方睡觉的时候，我也会不由自主地念起那个地址。南新义州柳洞朴时逢方……南新义州柳洞朴时逢方……”

“为什么？”

“不知道，也许是因为好奇而念个不停。跟着念出来，感觉很凄凉，心情却会平静下来。”

“你不愧是……”

恩智调皮地嘲笑道：

“国文系学生。”

随之又是漫长的沉默。

“恩智。”

“嗯？”

“我们为什么要住到这里呢？”

恩智豁达而真诚地说：

“嗯？想看看鬼。”

“真的吗？”

“嗯。”

“你想见到什么样的鬼？”

“不知道，会见到白石吗？哈，我没想起什么人，所以更好奇，谁会来呢？”

“不害怕吗？”

“嗯。”

恩智眨着眼睛问道。

“那你想见谁？”

瑞允毫不犹豫，斩钉截铁地说：

“我谁也不想见。”

深夜，瑞允被奇怪的声音吵醒。她迷迷糊糊地睁开眼睛，环顾四周。周围很黑，什么也看不到。不知从哪里传来吱嘎——吱嘎的声音，像是有人踩着破旧的木头台阶一步一步走向她们这边的客房。她想叫醒恩智，身体却又不听使唤。嗒嗒——嗒嗒——不明来历的物体继续移动，令人毛骨悚然的声音越来越大，后来在瑞允面前戛然而止。瑞允浑身寒毛直竖。这时，卧室周围霍然亮起，变成了柬埔寨的村庄。瑞允望着燃烧般的晚霞，自言自语，科纳伊……刚才发出嗒嗒声的物体现出了原形。看出那是什么东西，瑞允立刻陷入了心痛欲裂的悲伤。泪水直流，难以克制。那是……五年前去世的祖母。祖母拉着手推车，根本不知道孙女在注视自己，依然在街头捡废纸。她往前走出几步，弯腰捡起箱子，又走几步，收起几张报纸。祖母一瘸一拐地在小巷里穿梭，和生前一模一样。瑞允的房间立刻变成大型卖场的“自助包装台”。祖母花 500 元买了块肥皂，装进大箱子，然后不停地四下里张望，叠起另外的小箱子，塞进大箱子。她装出包装的样子，实际上是在收集纸箱。热乎乎的泪水流下瑞允的双颊。不是因为想起生前捡废纸养活自己的祖母，也不是因为祖母没能认出自己。瑞允哭得那么伤心，是因为祖母去世之后仍然在捡纸箱。瑞允尖叫着坐了起来。恩智大吃一惊，连忙走到瑞允身边。“瑞允？没事吧？嗯？怎么了？”恩智一边问，一边抱住了瑞允。瑞允没有回答，只是硬挺挺地躺在床上，大声哭了很久。

第二天，两个人离开了宾馆，沿着湄公河朝越南走去。淡蓝色的天空深沉悠远，心情变得沉静而从容。恩智没有询问昨天夜里的事情，而是转移话题，说昨天自己的 iPad 坏了，到河内之后，先要去找苹果服务中心。恩智不了解瑞允的家庭状况。瑞允从未邀请她去过自己的家，也没让她认识自己的父母。只记得学习现代文学的时候，瑞允小声说过：“教授那代人把贫穷当成美德，到了我们这一代，却成了秘密和羞耻。”为了缓解这段时间和瑞允之间的不快，恩智主动跟瑞允聊天：

“越南有个地方叫顺化，和庆州差不多，安静而美丽。你应该会喜欢。等我们见到多彬，一定要去那儿看看。”

“嗯。”

“芽庄也得去，我们还得再穿一次泳装呢，对吧？”

“是的。”

一艘小而狭长的独木舟靠在她们的船旁边。两名柬埔寨男孩坐在上面。一个小男孩看上去五六岁的样子，脖子上挂着一条大蛇。旁边的男孩应该是他的哥哥，正在向游客乞讨。小男孩暴露在烈日之下，脖子上缠着蛇，疲惫不堪地打着盹儿。仔细一看，蛇似乎也在打盹儿。几名白人向他们抛钱币。瑞允和恩智在柬埔寨见过的乞丐太多了，于是把视线转向别处。

不一会儿，两人到达越南边境。瑞允背着登山包，嗖地跳下了船。恩智却费了好大的劲才落地。旅行箱很重，带着跳跃和移动都不方便。而且恩智还穿着高跟凉鞋，拿着塑料购物袋。袋子里装的是旅行箱盛不下的生活必需品和纪念品之类的东西。为了去检查站，她们不得不爬上杂草丛生的野山坡。其他游客也一样。恩智在山脚下就摔倒了好几次，全身沾满灰尘。恰在这时，一群越南孩子箭一般冲向刚刚到达国境的游客。他们都是身材瘦小的男孩。湄公河在太阳下闪闪发光，一群蜻蜓在周围飞来飞去。少年老成的孩子们闹哄哄地帮外国人拿行李。大概是要帮游客把行李提到检查站，赚取小费。瑞允满脸疲惫，呆呆地看着他们。他们之间好像也讲秩序，途中有人抢走了体弱孩子的活计。两个站岗的警卫不耐烦地挥了挥手，赶跑了孩子们。每当这时，孩子们就乖乖后退，再像蜻蜓群似的聚集过来。突然，一个看上去有六七岁的男孩子猛地夺过恩智的旅行箱。事情发生在转瞬之间，恩智还没反应过来。男孩眨巴着善良而狡黠的眼睛笑了笑，说我来帮你，然后扛起恩智的旅行箱，生龙活虎地走在前面。面对少年的举动，恩智不知所措。她用混杂着绝望、疲劳和烦躁的语气自言自语：

“唉，你要是帮我拿，我倒是很感谢。”

男孩子们每人背着一个旅行箱。山路泥泞而陡峭，拖着带轮子的旅行箱在上面行走有点儿奇怪。瑞允发现了，夺走恩智行李的男孩似乎举动别扭。找不准重心，摇摇晃晃。仔细一看，原来这孩子的一条腿有点儿瘸。瑞允瞪大眼睛，满脸痛苦。瑞允冷漠地叫恩智：

“喂，徐恩智。”

“嗯？”

“拿回来。”

恩智似乎不相信瑞允说的话，反问道：

“什么？”

“那个箱子，你拿回来。”

恩智的脸红到了耳朵下面。

“你说什么？”

瑞允像疯了似的大喊：

“你的旅行箱！那是你的箱子，应该你提！”

恩智努力调整自己的呼吸，泪水已经在眼眶里打转了。竟然流下了眼泪！恩智有些鄙视自己，委屈和羞耻也油然而生，身体微微颤抖。

“是吗？你总是对的？只有你是对的？就你了不起，对吧？”

“死丫头，你说什么？”

恩智哽咽着继续说道：

“那又怎么样？你那么善良，桑梁给你鸡肉串的时候，你偷偷扔掉了？你觉得脏，不敢吃？你以为你是偷偷扔掉的，其实桑梁都看到了。你知道他当时是什么表情吗？不过我还是都吃掉了，都吃掉了，你这个坏女人！”

恩智一屁股跌坐在地，张开嘴巴，像孩子似的放声大哭。站在检查站门前的男孩不知道发生了什么事，懵懂地望着她们。不一会儿，男孩用简短的英语大声说道：“嗨！我在这儿，过来。”

这是两人之间最后的直接对话。瑞允和恩智蹲在河内机场，等待多彬。一分钟像十分钟，十分钟漫长得像永恒。约定时间过了很久，多彬还是没有出现在机场。恩智伸长脖子，在出境口挨个打量乘客的脸，还是没有找到。她忍不住打了电话，当然只是想“试试看”。几声信号音之后，那头的多彬接起了电话。

“Hello！”

“喂！”

“Hello！”

“你怎么回事？”

恩智的电话令多彬很惊讶。她说几天前给她们发了邮件，说自己不能去机场了。多彬不知如何是好，问她们有没有看到邮件，然后说对不起。好几天前就发了邮件，多彬确信她们应该看到了。那一刻，恩智不由得怒火中烧，不过还是言不由衷地说了“是吗？”多彬又说对不起，然后解释说自己和越南室友闹僵了，只好改变了行程。恩智想说没关系，却因为生气而挂断了电话。恩智回来的时候，瑞允避开她的视线。尽管很想知道通话内容，却不愿主动开口。恩智和瑞允隔了两三个座位坐下，无精打采地望着远方，不知怎样结束这次旅行。瑞允也噘着嘴，凝视机场天花板。她们的脚步将去往何处，又将停在哪里，还无法预测。

三十岁

姐姐，你好吗？不知道多久没叫你姐姐了。其实今天看到你的名字，也不知道是不是姐姐，盯着看了很长时间。姐姐也只知道我的名字，不知道我姓什么，为此还在家里翻了个底朝天，是吧？怎么会思念一个连姓什么都不知道的人呢。我忍不住扑哧笑了，然后放下明信片，拆开包在无纺布里的物品包装。我拿着里面的东西，呆呆地站了许久。一名后辈从身边经过时问我，那上面写了什么坏消息吗？

姐姐，此时此刻我坐在自己的房间里。这是我在首尔住过的第六间自炊房。算上和姐姐一起住过的地方，这应该是第七处了吧？那不是房间，而是隔间。师任堂读书室，女性专用，目的是培养像申师任堂那样优秀的贤妻良母。不过住在里面的很多女人即便不期待变优秀，也在为达到普通标准而不遗余力。她们不知道什么样算是普通，只是想在被人们如此命名的地方努力，哪怕在边缘镀镀金也好。姐姐是来自全北[1]，毕业于师范大学的姑娘，我是怀着对父母尽孝的决心从忠南[2]来首尔的复读生。住在那里的一年，我记得周围的女人换了几次，只有姐姐和我始终没换过位置。每间四人。挡在中间的不是墙壁，而是窗帘。睡觉时要把椅子放到书桌上才行。别看是这样的地方，却有很多人排队预订，人气很旺。姐姐和我，经常在这里背对背度过漫漫长夜。也许是这个缘故吧，直到现在，每次想起姐姐，我首先想到的还是背影。借着暗淡的台灯，熬夜写东西，背部深深地弯曲。也许在姐姐眼里，我的背影差不多是这样吧？因为我们两个人都是除了梦想，还要背负着很多东西。不过，我看到姐姐背影的次数应该更多。我奈何不了泥石流般落到眼皮之上的困意，每天不停地点头，先上床睡觉的总是我。

姐姐，我面前有一扇笔记本大小的窗户。打不开，镶嵌在墙上像装饰。一块没有边饰，也没有把手的玻璃板，似乎是为了扮成新建筑的样子而设计成这样。不过窗户毕竟是窗户，可以清晰地看到街道的风景。这栋房子背对公路，窗外全是住宅。因为间隔太小而不透光的

---

① 全罗北道的简称。

② 忠清南道的简称。

筒子楼和大大小小的单元楼，高楼耸立的八十年代风格的洋房，还有建成不久的小区沿着淡淡的山脊排列。乍看起来稍显凄凉，不过宁静而整齐。就像结束一天的工作，沉沉入睡的首尔的面孔。现在是凌晨，亮灯的人家不多。几栋建筑因为寒冷而散发出更加美丽的光芒。位于最顶端，进入新城的公寓每天傍晚都亮起模仿公司招牌的霓虹灯。飘浮在黑暗的虚空之中，有时看起来像天上的岛屿，有时又像各方面都得到所有人认可的本世纪最具代表性的纹章。偶尔我会想着鼻子贴在玻璃壁上的史普尼克上的狗，凝视窗外。这种时候，感觉房间不是某个空间或场所，而是持续往某处移动的物体。宛如一艘宇宙飞船，怀着再也无法和原来的世界共有时空的预感，保持沉重的加速度远离地球。今天也是这样。红色、黄色、白色、蓝色的灯光，像糖果撒在远处漆黑的都市上空。让人忍不住想咬一口，漂亮的首尔，我在这里。

姐姐，我们已经十年没见面了。背着起了球的涤纶书包，经过闹铃阵阵的天桥,加入“鹭梁岛”的情景清晰如昨。所有的人都开玩笑说:“只有通过考试,才能摆脱这个岛。”那时我感觉你很像姐姐,然而现在,我也三十岁了。这期间,姐姐也度过了无法用几行文字概括的岁月吧?就像风带走了季节，岁月也从姐姐那里夺走了许多东西吧？轻而易举错过，无法单纯称其为“机会支出”，直到现在依然痛彻心扉的东西；

说出来也只能独自承受的秘密和心事。今天听说姐姐在八年里仍未被任用的消息，其实我的心情很茫然。八年，八年啊，犹如关闭在括号里的问号一样封在隔间里，逐渐凋零的姐姐的二十四岁、二十五岁、二十六岁……三十一岁，我无从衡量。等待考试结果的时候，心里生出的种种期待和暗示、紧张和悲观，我也很了解。因为推迟承担对子女、恋人的各种“责任”而失去的关系，我也不是全然不知。只是一想起姐姐在狭窄黑暗的隔间里埋头于错题，独自老去的青春，我的心就好痛。

我？姐姐你也知道，那年我考取了 J 大学的法语系。这是姐姐了解到的我的全部消息吧？所以姐姐把邮件寄到我们系的办公室。听说姐姐问我的电话号码，助教说，联系方式变了，没有人知道。许多事情发生之后，我几乎不再和以前的人联系，手机也早就弃之不用了。收到邮件说有我的包裹，让我去取，我犹豫了几天，最后还是去了学校。今天我收到了姐姐寄来的明信片和礼物。啊，对了，姐姐，衷心祝贺姐姐做了妈妈。没想到在分开之后的几年时间里，姐姐完成了如此精彩的事情。如果我是姐姐的孩子，我会为有你这样的妈妈而无比开心。过去的十年里，我搬了六次家，做过十几份工作，交过两三个男朋友。仅此而已，真的只有这些。感觉青春就这样过去了，这让我感到慌张。

这些年我发生了哪些变化？好像只是变得大手大脚，对人不再信任，眼光变高，成了俗人。这让我颇为不安。二十多岁的时候，不管我做什么，都感觉只是个过程。现在呢，似乎一切都是结果，让人很焦虑。姐姐比我大五岁，我经历的这些事，姐姐应该都经历过吧？有没有克服掉什么东西？也有一些成为回忆的事吗？世界上没有什么东西微不足道。是不是别的朋友都做成了什么，或者正在做着什么，只有我什么都不是，或者正在逐渐成为什么都不是的存在。这样的想法令我不安。不对，或许我已经成为比什么都不是更糟糕的存在了。向姐姐传达这些消息的同时，我又担心姐姐会说，这话我已经听得太多了。姐姐这个年龄，也许会遇到育儿和储蓄的问题，婆媳关系和健康问题。从前的紧迫问题也该给以后的课题让路了。可是现在，我只能跟姐姐说这些，所以才写了这封信。尽管写完之后也未必能寄出去，至少今天夜里，我想做自己能做的事。

姐姐，我不顾父母反对考上了法语系。我对这个名叫法国的国家有着茫然的幻象，我觉得只要会说外语，就像随身带着刀，走到哪儿都放心。即使遇到糟糕的状况，我也可以像驱鬼似的挥舞手中的刀，大喊“走开，我随时都可能离开”。“工作怎么办？”父亲恼羞成怒。我大言不惭地说：“实在不行，我就进修师范课程，做一名教师。”也许有人会反驳，教师是那么容易做的吗？当时我还年轻，就是这样想。可是姐姐，直到新学期结束，我才知道我们系没有这项制度。别说进修师范课程，新生也越来越少了，我们系面临被取缔的危险。德语系、哲学系和历史系也可能消失。当时这些只是传闻，最近好像真的具体化了。学校里到处都贴着写有“实用”云云的大字报，从学生们的表情也可以看出端倪。来到久别的母校，感觉气氛乱糟糟的。我在大学期间一直都过着踏实而俭朴的生活，努力向父母证明着什么。一丝不苟地写好月经缺席事由书，交给英俊的年轻男讲师；赢得成绩奖学金；以勤劳奖学生的名义在图书馆和行政室工作；抽空到便利店或咖啡厅打工。不过这些还是不够支付学费和生活费。我多次休学，几乎用了七年时间才毕业。不过回头看看，当时我真是表现出了惊人的健康。我坚信这是对自己负责，也坚信一切都会成为经验和智慧，帮助自己成长。所以我和复读的时候没什么两样，大清早吃饭，和朋友一起做非法的“网络授课”，因为学生食堂的“今日菜谱”或喜或悲。我就这样坚强地生活。钱不多，我还是把部分工资寄给父母。通过做调查或做服务生，我赚来微不足道的生活费。大钱的来源主要是所谓的“马如他”，也就是医院等效性试验，或者去附近辅导学院讲课。那时我教学生们连我自己都不懂的汉文和论述，扣掉税金，每个月能拿到六十万左右。打扫教务室、接待家长、锁门、管理复印机和打印机，这些事都由我负责。当时我所在的面牧洞辅导学院的孩子们，学习真的太差了。比起后来我短期工作过的中溪洞和木洞的孩子们，他们连普通标准都达不到。那些孩子，大概不知道我是隐瞒自己的专业教他们的新手，很听我的话。有个女生露出天使般的面孔，散发着烟味，喊着“老师”，扑进我的怀抱。上了大学之后，她也和我保持联系，以前经常给我发短信，“老师最搞笑”“老师您干什么呢？我在朋友家玩，我不想做作业”“您要是我们学校的汉文老师就好了。我们非常讨厌汉文”“老师，您为什么不主动给我发短信”，都是类似的无聊信息。尽管我也知道，我和他们相处的时间不会很长，不过有人这样无所顾忌地扑进我的怀抱，还是有股暖流在心底弥漫。拿滴管往盛满水的透明烧杯里滴一滴墨水，立刻就会生成美丽的云团，液体性质也会发生变化，不是吗？当时我的心情大概就是这样吧。很容易被小小的关照和善意感动，我也想尽可能给予他们小小的回报。孩子们散漫而幼稚，有时也会发挥那个年龄特有的机智和想象力。有一次，我提出论述主题：“如果人有八根手指，使用八进制，会怎么样？”他们说：“算盘珠四个分为一组”“三舍四入”“不是十有八九，而是七有六五”，令我大吃一惊。每当这时，我就感觉是我在向孩子们学习。还有一次，我提出问题：“请说出意思是云和雨的感情，表达男女情事的四个字。”有个学生写的不是“云雨之情”，而是“到达高潮”。我正在批改作业，一下子把饮料喷了出来。有的学生平时从不和我说话，只是偶尔递给我草莓牛奶和巧克力。还有个男生沉默寡言，心思缜密，总在为父母担忧。还有学习太刻苦，上课流鼻血的孩子；突然跑到走廊呕吐的孩子。可是姐姐，最近我看到脸色苍白、从早到晚来往于学院街的孩子，忍不住冒出这样的想法：

“你长大后会成为我……仅仅是成为我。”

发生了什么事？我也希望自己能解释清楚。某天睁开眼睛，我发现自己变成了另一个人。从前是债务人，现在依然是债务人。不管从前还是现在，我都是债务人，这点没有改变。我变成了更恶劣的债务人，不知道这样说是否准确。姐姐，自从和姐姐分开之后，我找了很多工作，总算有惊无险地完成了学业。对于涉世之初的我来说，虽然还有千万左右的学费贷款，不过我乐观地认为，只要找到工作，迟早会还清的。没想到找工作超乎想象地艰难。法语系毕业，大龄，女性，相貌平平，没有哪个地方愿意要我。更雪上加霜的是，父亲遭遇车祸，家庭摇摇欲坠。这是非常复杂的问题。父亲没有闯祸，却要承担最终责任。好像是有一天，父亲的朋友借了他的货车，不幸与三辆轿车相撞，当场死亡。除此之外，还有一个人失去了生命，受伤的人数更多。因为这件事，本不宽裕的家庭彻底衰落，再也无法修复。家庭不幸的磁场过于强烈，弄不好会把我也吸进去。我想到的不是帮助父母，而是逃跑。

家里本来就没有人赚钱,房东又要提高保证金和月租价格。积攒的“打工”钱都用光了，银行每天都打电话催着还钱。如果可以，我也想向别人发送“没有蛋糕的蛋糕盒”。以前我听说有同学以这种方式进入京畿道的私立中学。正在这时,前男友联系我说,他有事要到我家附近,顺便见个面。我们已经分手三年了。

他气色不好。穿着平时很少穿的西装，显得很英俊。那天他请我吃鸭肉，羞涩而安静地说：

“我现在有钱了……”

不是炫耀，也不是蔑视，我却莫名地心头一热。我知道他以前过得何等艰难，知道我们为什么经常吵架，也知道他为什么离我而去。他能不失勇气地活到现在，我已经很感激了。恋爱五年，分手的时候，他已经沦为三十出头的信用不良者……他没有挥霍，也没借高利贷，只是努力写论文，就变成了这个样子。我没有眷恋，也没有嫉妒，静静地祝贺昔日恋人的成功，并对他说，我也要尽快找到工作，请你吃饭。啊，我有没有说过，我们是怎样认识的？我们在辅导学院里相识，在面牧洞。他给我的印象不是很深，起初我没太在意。有一天，我看到他理直气壮地向院长提出间食的要求，心里对他产生了好感。那时我们学院的老师们都忍受着慢性饥饿的折磨，而学院却不肯额外提供餐费或间食。开会的时候，他突然站起来，向院长提出了要求。

“考试期间休息的时候，哪怕每人发个面包也好啊。”

刹那间，他的声音颤抖得厉害，有些沙哑。这时，因为没有经验而对院长无条件顺从的英语老师，因为年龄和面子而无法提出这种要求的数学老师，脸上泛起喜悦的神色。那以后，我们一起吃过几次饭，看电影，喝酒，偶尔也谈起各自的童年，还上了床。也就在那个时候，我得知他的国语专业论文写的是“迷恋”这个动词的发生。“这个话题怎么可能写成几十页的论文呢？看来我不了解的世界还很广阔，很新鲜。”我用好奇的目光仰视男友，仿佛就是昨天的事。总之，我们“迷恋”对方。有时，我们在我的自炊房里拥抱缠绵到天黑。那时带给我安慰的是触手可及的某人的体温，欲望和享乐还在其次。也许人活着并不需要太多的温度。这样，这么多就足够了。说不定……他也是这样。那天他穿着他认为最好看的衣服出来和我坐在一起。我们寒暄了一番，一起吃饭、喝茶，又去了酒吧。后来他的上司也来了。据说这位前辈帮助男友站稳了脚跟。微醺的时候，我昔日的恋人拿起酒杯，很世故地说：

“人生在世，最重要的财产或许就是人。”

两个月后，我进了一个奇怪的公司。每月可以赚 300 万，最多可以拿到 1000 万。不过在此之前，我要先购买 800 万元的东西。

我听过一位五十多岁的男人的课。他说，只要努力，谁都可以实现梦想。太俗了，不值一提，是吧？是的，姐姐。不过，正是这种俗气的话语最能打动人心。听到“梦想”这个词，我心底的某个角落微微颤抖，像是隐隐作痛，又像是愉悦，心跳也随之加速。随后我就明白了，其实早在很久以前，我就迫切地渴望听到这句话。也就是“教科书上的话”。正确而美好，谁也不相信。因为太正确，听起来有点儿宗教色彩，是吧？可是姐姐，除了“只要努力，谁都可以实现梦想”，当今世界还有哪句话能够成为让人愿意相信的教理？起先我也没有解除武装。装作无奈的样子进入培训机构，却抱着胳膊，得意扬扬地以为，“我是有学问的女人，不可小觑。”我相信自己的理性、意志和逻辑。我想的是先听他说完，如果觉得不对，我就直接离开。男友见我未被说服，最后说了这样的话。听我说完，如果你觉得这里真的很糟糕，如果真有那么不好，你不该把我从这里救出去吗？

结束了在舍堂洞地下礼堂四天三夜的培训，我们进行了一对一面谈。以前在酒吧里见过的男人等着我。“这不是传销吗？”我问。他说不是，这是“发达国家的新概念网络营销”。我不知道是什么东西，心里只想着刚才听过的演讲，没当回事。听了和我家庭情况、家庭关系、性格等都有相似之处的人经过努力成为理事的故事，我心生希望：“说不定我也可以做到。”当时我的处境很艰难，只要能赚钱，只要不用杀人，我什么事都愿意去尝试。负责人似乎想让我放心，让我看了他的企业家登录证，还说这是享有兵役特权的公司。然后我们直接去了宿舍，从培训机构步行三十分钟才能到达的一栋单元楼。窗户上有铁栏杆，位于半地下室，最先映入眼帘的是上锁的鞋架。当时我茫然地以为，也许是担心鞋子会丢吧。跟着上线开门进去，正在厨房水池洗头的男人像恐怖片里描绘的那样，头上哗啦哗啦地滴着水，斜着身子看我。旁边的筷子筒里杂乱地插着三十多支牙刷，刷毛都卷起来了。整个房子里散发着臭烘烘、令人不快的气味。我稀里糊涂，赶紧观察四周。装有红参液、抗菌毛巾、银纳米肥皂、洋葱汁、袜子等物品的箱子堆到天花板。不是他们要卖的东西，而是买回来的。我也买了一套，一眼就看得出来。我们称之为早期投资费用。经过卫生间去客厅的路上，我和一个坐在马桶上小便的女人四目相对。卫生间的门敞开五分之一。惊人的是，门外有人守着。难道这个地方是男女混居吗？真的是成年男女共同生活在同一个房间，一起吃饭，一起睡觉，一起拉撒。初次见面。我低声打招呼，人们淡漠地鼓掌，然后虚伪地笑着说，来这儿就对了。

进入宿舍后，手机就被没收了。我必须说出我认识的所有人的信息。不管是稍微认识、适度认识，还是相当熟悉的人，都要制作出关于他们的文件。如果不知道，就去调查。那个人的年龄、性别、住址自不用说，甚至还要包括学历、情绪、宗教、健康状态、兵役状态、有无外地生活经历等。我觉得不对劲，却没有勇气承认。很多人相信的事情，我也想跟着相信。像我这样成熟的姑娘尚且如此，何况刚刚二十岁、二十一岁的年轻人呢。尤其是我所在的地方。姐姐，我住在舍堂洞被指定为新城的地方，因为项目没有进行而被放置很久，变得像贫民窟一样荒凉。那里有很多像我这样过着集体生活，从事“发达国家新概念网络营销”的年轻人。最初我也以为能有500人或1000人，事实上人数接近1万。不是全国范围，仅仅是那附近的年轻人。吃不饱，睡不好，生活在最恶劣的环境里的年轻人，每到早晨就奇迹般变得衣冠楚楚，换上正装，变身出门。他们三三两两，波浪般涌向某个城市，情景蔚为壮观。那时我经常自我暗示，那么多人都在做的事，不可能是坏事。我已经预付了一年的住宿费和伙食费，很难脱身。啊，钱？公司帮我们筹到的。我不够贷款资格，通过中介做了虚假担保，直接把现金打入存折。最奇怪的是，那时我根本不把几百万放在眼里。很快就能赚到500万，2000万也指日可待，几百万有什么了不起。我不知道当时为什么会相信这些话。我很傻，对吧？只要去了那里，就会变成这个样子。真的。我们当中没有看着像“傻子”的人。我年龄较大，其他人大都是自信而肆无忌惮的大学生，自古以来都被看作社会知识分子的“大学生”。如果说有什么差别，那就是过去大学生从事学生运动，现在却从事传销，仅此而已。同宿舍的人，有的已经三年没回家了。即使过节，公司也不肯放我们。要么出差，要么做慈善活动，总会找借口让我们做事。我也适当地找过借口。很多职员是来自外地的学生，跟家人说谎很方便。我每天都把自己花 500 万买来的洋葱汁当水喝，使用着剩下的 300 万买来的肥皂、牙刷、袜子，一天天地度过。渐渐地，我掌握了业务要领，逐个画掉以前认识的人的名字。有我单恋的前辈，也有童年时代的发小，还有我遇到困难时收容过我的姐姐，有考试期间一起在大学图书馆埋头学习的同学。那时候，我每天都要打十几个电话，无数次报出自己的姓名。你好，我是秀茵，你过得好吗？你好，我是秀茵，好久不见了啊？您好，我是秀茵，现在通话方便吗？当然，这其中也有人只因为工作关系见过两三次面，不记得我的名字。这样反倒更舒服。公司不允许我们独自行动，安排我们两三个人一组，共同生活。负责监视我的队长级女人向我传授各种经验，培养我。不能让人感觉你在纠缠他，不能着急，也不能犹豫。电话应该在几点到几点之间拨打，在饭店里你要坐在背对墙壁的位置。都是这类指示。这个女人每次都认真检查我的客户管理卡片，像论文老师似的帮我删减。只有这样，她才能得到更多利益。这样过了一年，我的卡片增加到将近两百张。可是，姐姐，当时最让我痛苦的不是精神上的苦恼或矛盾。那时像强迫症般充斥脑海里的是过于事实化的饥饿。姐姐，我从来没吃过那么糟糕的饭。说是饭，其实就是把冰箱里的东西凑到一起，清汤清水煮熟的猪食。大家团团围坐，每顿都吃得狼吞虎咽。二十一世纪竟然还有这种事，而且就在首尔中心，发生在前途光明的年轻人身上，难以相信吧？事实的确如此。现在应该还是这样。卖什么？生活必需品、保健食品和奢侈品。价值千元的面膜卖到 20 万，3 万元的手表卖到 58 万，15 万元的手提包以 120 万的价格卖出。原来我以为是这样，有一天我回过神来才发现，我卖的不是物品，而是人。姐姐，即便这样，我还是努力去认为这件事对“所有人”都有好处。随着下线销售员的增多，所有的销售员都能受益，于是我误以为只要自己也为这个循环做贡献，支撑这个格局，那么不仅我，所有人得到的益处都会增多。我被单纯的逻辑迷惑，或许是因为我试图不去看处于金字塔最底层的人，或者从未想过自己也会成为这样的人，或许认为只要不是我就行。

姐姐，幸好我现在离开了，却又有别人在加入。说是惯例也好，规则也好，那里的工作就是持续聚拢下线销售员，因此大家都不觉得有什么严重问题。也许是我自己在脑子里关掉了某个开关。公司方面似乎也觉得我无利可图。能够联系的人都联系过了，不能为公司继续增加客户，几个月之内恐怕赚不到钱了。正在这时，那个孩子联系上了我。她叫慧美……她是谁呢……是我的学生，辅导学院的学生。

“老师您好吗？看到落叶，我想起老师，想知道老师的近况，就给您发短信了。嘻嘻。”

我怀疑是公司故意试探我，起先有点儿犯嘀咕。犹豫片刻，我发送了回复：“对不起，你是谁？”不一会儿，我就收到了回复。

“老师，我是慧美，哎呀，好失落，呜呜。”

啊！慧美，她是几年前我在面牧洞遇到的学生。那个经常散发着烟味、露出天使般面孔扑进我怀抱的女孩。慧美上了我从未听说过的专科大学，长大后还特意找到我们小区，说是想和我喝酒。后来我们互发了几次短信。蹊跷的是，我竟然觉得她烦，也不想再和她见面，于是删除了她的号码。没想到她再次联系上了我。那个瞬间，我陷入了短暂的苦恼。我脑海里的慧美仍然是娇小的女高中生，能让这样的孩子做这种事吗？我犹豫不决。身旁的上线立刻下达指示。不给业务员“思考的空隙”，这是公司最擅长的事。我按规定程序，先向她表达我的喜悦，问她过得怎么样。慧美羞涩地说，白天睡觉，晚上去多功能影院卖爆米花，过着半无业游民的生活。从那时起，我就变成了机器，口若悬河地说出已经深入骨髓的台词。明明知道不能这样，可我就像被操作按钮控制的自动售货机。老师在江南有一家熟悉的演艺策划公司，最近正在招聘实习职员，我们系的前辈也在那里工作，我们约好见面了。你要是无聊，也过来一下吧。

……圣华姐姐，我们已经分别十年了。姐姐记忆里的我是什么样子呢？当时我和姐姐的交流不算多。我是来自农村的复读生，因为父母为自己牺牲太多而怀有深深的罪恶感。只想快点儿考入名牌大学，早日为他们减轻负担。我经常凌晨睡觉或凌晨起床，每天早晨见我打瞌睡，姐姐就帮我铺好被褥。我睡上一觉，醒了拿着餐券去吃饭。那时候，鹭梁津餐饮街每顿3000元的餐券，一次性购买三十张就可以享受每餐2000元的优惠价。我最喜欢的是擅长做鸡汤的现代餐厅和故乡餐厅，故乡餐厅的食物味道不值一提，1500元的价格却很有吸引力。故乡餐厅位于地下,只要在里面坐上片刻,浑身都是食物的味道。我并不怎么吃饭，那时不管吃什么都不消化。舍不得吃饭的时间，而且吃饱了会犯困，所以我尽可能地少吃。午饭经常吃面包。我们的读书室后面刚刚开了家“多乐之日”，那里有很多新奇美味的面包。只要在那里买面包，还可以得到总额的百分之五作为积分。一年时间，我在那里买了很多价格一千多元的面包。为了听现在依然有名的数学讲师韩锡敬和改行做了公务员的国语讲师刘敏善的课，经常需要排队，无论是排队的时候，还是课间，还是在自习室学习的时候，我的嘴里都叼着面包。姐姐从不用餐券吃饭。为了节省餐费，姐姐把简单的小菜放在读书室的冰箱里，只从快餐店买米饭。每次姐姐在休息室吃饭的时候，只要我从身边经过，姐姐就会问我吃饭没有，如果没吃，过来一起吃。那时姐姐就很和善，很体贴。比如帮我收起晾晒的衣物，叠得漂漂亮亮；往我做了半截的试卷上放一两颗糖果或维他命。姐姐还背过我一次，记得吗？师任堂读书室和休息室之间的门厅很大，需要穿室内鞋。有一天，玄关处一只室内鞋也没有了，姐姐就背着成年的我，经过休息室，去了我的房间。那时姐姐一边踉踉跄跄地走路，一边哈哈大笑。高考前的某一天，姐姐在麦当劳买了汉堡给我，祝我考出好成绩，还送我一双睡眠袜做礼物。当时，姐姐的教师资格认证考试也快到了。没多久,我就搬出考试院,回到了农村。收拾行李那天，我不知道是不是还要去某所大学。姐姐建议我，既然这样，还不如在首尔上学，积累经验，拓宽可能性。离开之前，我把多乐之日的积分卡给了姐姐。一年里买了 20 万元的面包，那张卡里有大约 1 万元的积分。姐姐，用这个买蛋糕吧。姐姐，一定要保持联系。一定要保持联系，我们。

姐姐，今天我收到了明信片，上面记录着姐姐经过漫长岁月终于通过教师资格认证考试的消息。你说当周围平静下来的时候，你突然想起我。秀茵，名字肯定是秀茵，只是想不起姓什么，绞尽脑汁想了好久，你终于想起了抽屉里的多乐之日积分卡。我出来一看，上面写着“姜秀茵”。你说你记得我去了J大学，于是往系办公室打了电话。没等读完姐姐的明信片，我就忍不住好奇心，拆开了礼物包装。打开包装的瞬间，旁边的后辈看到我的表情，问我，难道上面写了什么坏消息吗？应该就是这个缘故吧。当时，我目不转睛盯着的是十年之前，某人在面包店积分卡上清楚写下的我的名字。看着我的名字像墓碑一样写在方框里，从远方快递过来，我忍不住要流泪了。

姐姐，现在我该结束这封信了。这之前，我要说说那个名叫慧美的孩子的近况。我住进集体宿舍之后，那孩子又和我联系过几次。我一次也没有接她的电话。我也在千方百计调整颓废的身体和心灵，好不容易适应了日常生活。很久之后，慧美又发来了短信。我还是没有回复。短信变成几周一次，几个月一次，越来越少，不知从什么时候开始彻底断了。这让我安心。也就是在这个时候，我换了电话号码。搬到这个举目无亲的社区，跟人们保持距离。借口是我想生活在一个没有认识人，也没有人认识我的地方。我也想过回到家乡，却又无颜面对父母。我总是麻烦亲近的人，渐渐地身边就没有人了。只有一个人，一个同届的男孩子真心想要帮助我。我却在躲避。他为什么要这样对我？是不是有什么企图？也许那个孩子——慧美也有过类似的混乱。姐姐……我希望慧美能顺利度过这段时期。她是一个很合群、很开朗的孩子。我暗自想象，说不定她真的赚了大钱呢。慧美从小就精明能干，无忧无虑。别看她在学校里被当成“混混”，然而她真的是很可爱的学生，嗓音洪亮，爱笑，经常说脏话。有一次，我正在辅导学院扫地……慧美走过来，小声对我说了句话。她很严肃，像是有重要信息告诉我。声音小得几乎听不见，表情倒是很生动。我只好看着她的口型解读信息。仔细一看，慧美在对我说，老师！裙子……！那天我穿的是短连衣裙，大概是弯腰的时候露出大腿，很危险。慧美的脸上带着演戏的神情，依然是只做口型，一字一句地说：“这样会勾引男孩子的。”她像我的姐姐，似乎忘记了在对谁说话。担忧的语气和蠕动的眉毛，显得那么认真。我忍不住想笑。我责备她：“你的裙子更短，臭丫头！”不过，我记得她一直站在我身后，直到我扫地结束。还有什么来着？对了，慧美在课桌上放了一面小镜子，上课期间不停地摆弄头发。我提醒好几次，她也不听。她就是这样重视自己的发型。我用手指弹她的头，她竟然说：“哎呀，不要碰我的头发。”有一天，我走进教室，孩子们正在为我准备生日派对。几个男孩子在吹气球，女孩子们拿气球在头发上摩擦，然后让气球升空。他们可能知道，气球和头发摩擦之后会产生静电，更容易升到天花板。日光灯附近已经飘着五颜六色的气球。黑板上写着："姜秀茵老师，我们爱您！"这是学院里受欢迎的老师才能享受到的待遇。我喜悦而羞涩地观察四周。孩子们察觉惊喜派对被人发现，有些失望。我看到慧美像罚站似的站在教室最后面，高举双手，不停地用头发摩擦气球，非常卖力。看到我，慧美爽快而张狂地笑了。她像漫画主人公，头发齐刷刷地竖起来。也许是因为这个缘故，我确信她会过得很好。不管何时何地，她都能露出如此清澈的微笑，和这个世界"对峙"。可是，姐姐，这个孩子……前不久，我听说她被巨额债务和崩溃的人际关系折磨，痛苦不堪，企图自杀。她在自己的门前上吊……幸好被送到急诊室，挽回了性命。遗憾的是脑部受伤，变成了植物人，躺在病房里。

姐姐，秋意渐浓了。往窗外看，几棵银杏树在风中噼里啪啦地甩着头发。以后还会更冷吧？怀揣梦想进入大学的时候，我还以为自己能做些有创意、对社会有益的事呢。姐姐你也看到了，现在的我就是这个样子。如果谁问我是否努力地生活过，我可以回答，是的。我不知道自己怎么会沦落到这个地步。最近，每天夜里躺在床上，我都会听到奇怪的声音。唰唰——汽车在风中呼啸而过的声音。感觉自己站在八车道公路的正中央。那些游戏高手疯狂射出的子弹看起来是那么大。扑面而来的样子也像电影慢镜头。我希望自己也能做到。哪怕此时此刻我所处的位置岌岌可危，哪怕垫脚石之间的距离太过遥远，只要我一步一步踩下去的地方像导弹那么大就好了。等我顺利度过这段日子之后，我要对人们，还有我自己说，我虽然有点儿迟到，可是我做得很棒。我本来就很擅长嘛。但是，拦在我面前的水势头凶猛，垫脚石之间的距离太远了，根本看不到。我只能凝视着放在掌心里的问号，很久以前的问号，思考着真正重要的“金钱”和同样重要的“时间”。直到现在，每当我急躁的时候，我也还是会用手托着腮，出神地盯着那个东西。

“怎么办呢？”

内心深处响起巨大的呐喊声，像是抵抗。

“我，还能，做什么？”

姐姐，我不知道该怎么办。我好想问问别人，我该怎么做才对。现在，我身边一个人也没有。姐姐，我能做什么呢，我做什么才好啊？我想去医院看她，可是没有勇气。最近，我每天都无数次地想，如果当时她不主动联系我该有多好。如果当时我不在那个学院工作多好。不，如果我，二十岁的我，不是她喜欢的人，那该多好。姐姐，以后我该怎么办？我不知道四十岁、六十岁的我该以怎样的面目生活，不知道我该凭借什么话语，承受什么样的信任。改变的不是状况，而是人，是吗？那么，是什么让一个人无法改变自己呢？姐姐在明信片的最后这样写过，对吧？岁月流过，留下往昔。迟早会成为往昔的今天，此时此刻就愣愣地矗立在我的面前。姐姐，我保留着从前用过的手机，里面依然存着她发给我的短信。“老师，这里的空气湿漉漉的，本来就是这样吗？”“老师，我好饿。请我吃饭吧。”“老师，为什么不回短信？老师，请给我回电话。”“老师您在哪儿，老师请您接电话。”“老师，请把我救出去。”……我不知道这封信能否寄出。如果姐姐读到这封信，那就意味着我已经去了慧美所在的医院。如果没有，那就意味着我什么都没做，依然在犹豫徘徊。姐姐，谢谢你记得我，谢谢你对我说谢谢。我这种人不该听到这两个字……我没有资格……为了告诉姐姐我收到了你给我的东西，我给姐姐写这封信。尽管姐姐早就知道了，不过姐姐给我的和我得到的可能有所不同。多保重，姐姐，真的希望姐姐过得幸福。如果有机会……如果可以的话，我会再给你写信，姐姐。

作家的话

不知道什么离我而去。

你也看见了吗？

举起手，指向天空，

它早已经消失不见。

不知道离我而去的是什么，

我想为它取名字。

连缀起几个长长的句子，

那是谁也喊不出的名字。

即使全部念完也无从知晓，

只能让你试着再念一遍。

我希望这是小说的借口。

《三十岁》的某个场景来自我的家人 Y 的日记。

我要向她表示感谢。

金爱烂

2012 年夏天

너의 여름은 어떠니